是你在歌唱？是我在遐想？

——叶赛宁诗选

[俄] 叶赛宁 著 顾蕴璞 译

海豚出版社
DOLPHIN BOOKS
CICG 中国国际传播集团

图书在版编目（CIP）数据

是你在歌唱？是我在遐想？ ：叶赛宁诗选 /（俄罗斯）叶赛宁著 ；顾蕴璞译. -- 北京 ：海豚出版社，2019.8（2022.3重印）

ISBN 978-7-5110-4339-9

Ⅰ. ①是… Ⅱ. ①叶… ②顾… Ⅲ. ①诗集－俄罗斯－现代 Ⅳ. ①I512.25

中国版本图书馆CIP数据核字(2019)第002775号

是你在歌唱？是我在遐想？——叶赛宁诗选

[俄]叶赛宁 著　　顾蕴璞 译

出 版 人　王　磊
责任编辑　张　镛　李文静
特约编辑　诸　菁
装帧设计　刘　颖
责任印制　于浩杰　蔡　丽
出　　版　海豚出版社
地　　址　北京市西城区百万庄大街24号
邮　　编　100037
电　　话　010-68325006（销售）　010-68996147（总编室）
印　　刷　保定市铭泰达印刷有限公司
经　　销　新华书店及网络书店
开　　本　787mm×1092mm　1/32
印　　张　8.25
字　　数　137千字
版　　次　2019年8月第1版
印　　次　2022年3月第2次印刷
标准书号　ISBN 978-7-5110-4339-9
定　　价　52.00元

译者序

叶赛宁的诗，不但我国诗人喜欢，普通的诗歌爱好者也都感到亲切。他的一些抒情诗如《夜》《给母亲的信》《狗之歌》《我离别了可爱的家园》等作为精神食粮和美育素材，走进中国的千家万户。

叶赛宁的诗不但促使我国不少诗人写乡土诗时更易被触发灵感，而且已被一些词作者当作借鉴的对象。举个例子，电视剧《寻》的插曲《答应我，亲爱的妈妈》的歌词从构思来看很可能受到叶赛宁抒情诗《给母亲的信》的影响。

从叶赛宁的诗在20世纪三个时间段内在中国得到3种程度不同的传播情况，我们可以看出，外来文化的传播必须与本国文化的接受氛围取得一致。20至50年代和50至70年代两个时间段内上述两者都未能取得一致，不是传播方出问题，就是接受方发生故障，而80年代以来，传播方和接受方都处于正常状态，所以呈现出始无前例的“叶赛宁热”。

我们认为，叶赛宁之所以受中国读者的特别青睐，有以下三个文化艺术方面的原因：

一、醇厚的俄罗斯韵味

帕斯捷尔纳克说过，从叶赛宁的诗里可以闻到俄罗斯田野泥土的芳香。俄罗斯诗人多里佐说：“我不能设想我的青年时代可以没有叶赛宁，正如不能设想俄罗斯可以没有白桦一样。他属于那些也许几百年才产生几个的诗人，他不但进入了俄罗斯文学，而且已经进入了俄罗斯的风景，成为它不可分割的一部分。”（俄国1965年第10期《青春》杂志）俄罗斯诗人维诺库罗夫说：“在叶赛宁身上，存在过俄罗斯美好的假设。像个地震仪，他捕捉到时代的震波。俄罗斯曾在他身上呐喊过，曾用他呐喊过，曾通过他呐喊过。我不知道，是否还有比他更富于民族性的诗人了，他在任何别的国家都是不可思议的。”

二、炽烈的诗人情怀

叶赛宁是那些为数不多的以诗为生命并用生命写诗的诗人中间的一个，这一品格本身就能使一个诗人不朽。他是个不但有极高的诗歌禀赋而且从少年时代起就有诗人使命感的诗人。叶赛宁和古今中外一切真正的诗人一样甘愿充当苦难的象征，写出的诗成为痛苦心灵的音乐。这对于作为屈原后辈的我国读者拥有的民族审美传统是最能产生共振的。

叶赛宁是大自然的伟大歌手，俄罗斯的大自然给了他蓬勃的生机和活力，给了他悦耳的音响和旋律，给了他夺目的色彩和线条，给了他宽阔的想象空间。他的诗对于迷恋情与景的交织的我国读者来说无疑是一种美的享受。

叶赛宁是杰出的心灵歌手，绥拉菲莫维奇说他“善于表达人们最微妙、最隐秘的感情”，特别是他的以忏悔为主题的抒情诗倾泻了“没有任何符号都能够加以表达”（自语）的思绪和痛苦，成为人类共同的精神财富。

叶赛宁作为俄罗斯“最后一位乡村诗人”，给后人留下了宝贵的诗歌文化遗产，概括起来，这就是“政治不应取代文化”“文明不该危及自然”“艺术不能没有大爱”的诗歌美学思想。

三、丰美的诗歌意象

使叶赛宁能与中国读者拉近心理距离的第三个文化艺术因素是意象艺术。一个在长达数千年的悠久历史时期里一向以诗的丰美意象著称的民族，对任何一个域外的在意象艺术上有独到建树的诗人都是倍感亲切的。

叶赛宁的意象艺术博大精深，它的影响所及早已超越时空，进入人类共享的诗艺宝库。叶赛宁的意象艺术有以下三个特点：

1. 有着来自民间文学艺术与宗教的意象之源。

2. 有着千姿百态、灵活多变的意象呈现。叶赛宁既从大自然中截取意象，也从民间文学艺术和宗教中借用意象，还借助乡村日常生活营造意象，呈现的方法除此以外是多元并进：拟人和拟物的交替，对比喻、通感、象征的瞬间捕捉，谐美的音律的奇妙共振，由这些组成一个艺术感觉的网络，也就是学者们所说的叶赛宁形象体系。

3. 在诗人生平之河中流淌过各种意象之流。这是叶赛宁意象创造的又一特色。例如，同一个白桦、月亮或花楸树的意象在诗人不同的人生阶段具有不同的情景，形成一幅幅意象的编年史，具有认知与审美的双重价值。

叶赛宁不但在意象艺术的独创上走进中国读者的心灵，而且他性格中旷达豪放的一面（另有忧郁内敛的一面）和我国大诗人李白的风格接近，特别是他对李白的喜爱平添了我们对他的亲近感。王守仁的《叶赛宁传》（即《天国之门》，湖南文艺出版社，1995 年出版）介绍了一件令人很感兴趣的事：1925 年夏天，叶赛宁从一本英文杂志上特意剪下一张李白的画像寄给朋友柯里亚·维尔日比茨基，画面是醉酒的李白在一对男女的陪伴下漫步，显得宁静和惬意，画像背面有叶赛宁的亲笔题词：给挚友柯里亚·维尔日比茨基留念。

我无论如何 / 也不会 / 拿李白这样的生活 / 去换取 / 其他生活！谢尔盖·叶赛宁。

我们不妨随便举两位大诗人的诗行来对比赏析一下。李白在《将进酒》这首最能展现自己艺术风格的诗中唱道："……岑夫子，丹丘生，将进酒，杯莫停。与君歌一曲，请君为我倾耳听。钟鼓馔玉不足贵，但愿长醉不复醒。古来圣贤皆寂寞，惟有饮者留其名……"叶赛宁在《碎银般铮铮作响的小铃铛……》这首也很能反映他的艺术风格的诗中唱道："……纵然如今的我不再是 / 鸽哨声中那个温柔少年，/ 遥望异地的小树林，/ 我的梦欢快温顺如从前。/ 我并不需要坟墓的叹息，/ 话语无法和神秘拥抱，/ 但求你教会我一件事，/ 能够教我永远醒不了。"这里，一个是醉境，一个是梦境，但都是逃避现实的幻境。一个是在杯、酒、歌、人等意象中融进诗人志不得伸的惆怅，另一个则是在歌声、少年、树林等意象中注入撩人情怀的乡愁。思想意蕴各异，但通过意象洒脱地倾泻各自的情思却是相同的。

在虚实相生地营造意象上，叶赛宁和李白更如出一辙。李白在《下终南山过斛斯山人宿置酒》一诗中有"暮从碧山下，山月随人归”的名句，叶赛宁在《山野收割尽，小树林光着身》一诗中也有巧思的联想：“棕黄色的月亮像匹马驹，仿佛套进了我们的雪橇。”李白在《秋浦歌》（其五）中有“秋浦多白猿，超腾若飞雪。牵引条上儿，饮弄水中月”的描写，叶赛宁在《天上的鼓手》中也有“如今马儿不像你们，一饮而尽水中的月亮”的名句，真是天才所见略同。除李白外，白居易、苏轼等人的诗词中也有与叶赛宁诗心相通的地方，这里不一一列举了。这些例子足以说明叶赛宁的诗美感受确实有和我国诗歌爱好者的民族审美传统不谋而合之处，受到他们的钟爱是意料中的事。

通过几代译者和研究者接力赛似的劳作，20 世纪俄罗斯杰出的现代诗人叶赛宁的诗不但已在我国生根发芽，而且鲜花怒放也已在望。无论是翻译还是研究，都取得了很大的成绩。凭我个人的体会，叶诗最难译的也是我译得最不满意的地方，是他的语言和手法的创新。正是通过这些创新，他才把一般诗人难以传达的感情的细腻处和隐秘处传达出来，假如把复杂的隐喻译成单纯的明喻，或者把色彩象征弃而不译，就会“达”而不“信”，或过了“汉化”而丢了“洋味”。我主张翻译方法多元化，但认为译者没有权力视而不见，或见而不理原诗高超的音乐美。我相信后人超越前人是必然的，而且深信这位极有中国缘的俄罗斯现代诗人的诗一定会在神州大地光荣绽放的。

顾蕴璞

目录

抒情诗

爱情诗

头戴野菊编的花冠[1]

头戴野菊编的花冠，
我刨修一条独木小船。
在那白浪翻飞的激流里，
我丢失了情人的指环。

活像阴险狡猾的婆婆，
这招致不幸的分手。
梭鱼叼走了我的指环，
也把情人的爱叼走。

我的指环还没有找到，
愁得我朝草场迅跑，
小河跟在我后边笑：

---

① 原文为拉丁文。

“你情人有了新相好。”

我可不去跳那轮舞——
人家会笑我的不幸，
我要选一个坏天气，
跟那喧鸣的波浪结婚。

（1911 年）

夜那么黑，怎么睡得着……[1]

夜那么黑，你怎么睡得着，
我常走到河畔的小牧场。
像解开一条浪花般的束腰，
天边射过来的闪电的反光。

山丘上有支白桦小蜡烛，
披一身银白的月光羽衣，
走出来吧，我的心头肉，
听古丝里琴手唱上几曲。

每逢我凝望少女的美貌，
看得出了神，迷了心窍，
还跟着琴声的节拍欢跳，

① 这首诗最初发表时用的是《古丝里琴手》的标题。

我总要把你的头纱摘掉。

我总要领你到斜坡下面去，
到幽暗的闺房[1]，绿色的林间，
到长满如丝的峨参草地，
直到罂粟花般的朝霞满天。

（1911 年）

① 喻指高大的树林。

赶车人

我在蜿蜒如带的荒原驰奔，
朝着凹凸不平的草地远去。
哎，你们，我亲爱的雄鹰，
快快把我拉出这个疆域！

远方那房低屋矮的小镇，
沉浸在一片薄雾的烟霭。
美人儿早也盼呀晚也等，
在迷人的闺房望我归来。

车轭新刷过了一层油漆，
黑暗中闪着镀金的光亮。
啊，你们，飞驰的雪橇
和鹅毛大雪的纷纷扬扬！

铃声刺耳，铃声悠远，
皮马套摇响无数小铃。
像朝小巷高声呼唤，
全镇人一起走出相迎。

将走出小伙儿，将走出姑娘，
一齐赞美冬日的黄昏，
他们嘹亮圆润的歌唱，
通宵不停地响到清晨。

（1914 年）

你走了，不再回到我身边了……

你走了，不再回到我身边了，
你已经忘却了我的住处，
如今你已在对别人微笑了，
用白头巾把你的头裹住。

我很苦闷，很寂寞，很可怜，
我的壁炉燃得不舒服，
但书中这朵揉皱的紫罗兰，
总在诉说往昔的幸福。

（1914—1915 年？）

柳苞芙·斯塔里察，柳苞芙·斯塔里察……

柳苞芙·斯塔里察，柳苞芙·斯塔里察，
我把她怀想，我为她算卦。
她像个恶魔，她像只母狮，——
脸却天真无邪，红如朝霞。

（1915年）

八重唱赞美诗集

我要用我的声音
吃了你，主啊。
教堂，八重唱赞美诗集

一

啊，故乡，幸福的
无穷无尽的时光，
你那母牛般的眼睛
美妙得举世无双。

我为你的雾帐和田野上的绵羊，
双手捧着太阳，
像捧燕麦束那样。

让五旬中节[①]和圣诞节
使你的一切变得神圣，

① 五旬中节是东正教复活节与圣灵降临节之间的节日。

好让渴望者饱尝夜祷
和自古相延的传承。

我们用双肩抖动天空，
我们用双手将黑暗撼摇，
我们往庄稼瘪瘪的穗中
吸进了星际长出的禾草。

啊，罗斯，草原和风，
还有你，我的祖屋！
天上滚滚的春雪
在金色的棚子[①]上做窝。

我们用燕麦喂着暴风雨，
我们用祷词让山谷痛饮，
理智这头健壮牛为我们
把浅蓝色的耕地翻耕。

① 指农家存放用具的棚子。

没有哪一块石头，
通过投石器和弩，
打不伤上帝在我们
头上举起的双手。

二

“啊，圣女玛利亚——
天庭这样歌唱。——
请把你的长发
撒到金色的田野上。

请用大地的手
洗涤我们的脸。
从山峦的背后
正驶出一队船舰。

他们身上有亡灵，
有多世纪记忆的印痕。
多痛苦啊，因没摘除
枷锁而抱怨的人！

对于在黑暗中叫喊，
用自己的额头撞击
秘密标记的人
我们不会把门关闭。

消失吧，走出黑暗
只看见一瞬的人！
我们要用云的屋顶
压住愚昧无知的人。”

三

上帝啊上帝，
莫非是你
在梦中摇撼地球？
星的尘埃闪亮在
我们头发里。

天庭的雪松
透过雾和沟壕喧哗，
言语的球果

朝灾难的谷地落下。

他们在吟唱岁月，那是
另类的土地和另类的水，
在密不通风的枝叶间
月亮的嘴曾把它们咬破。

他们在悄声絮谈
茂密小树林中的灌木，
金色的枫叶雨
破门而出，在那里跳舞。

四

伟哉上苍，伟哉上苍！
山丘歌唱天堂。
就在那个天堂里
我看见你，我的故乡。

在毛里求斯的橡树底下，
坐着我发色棕红的外祖父，

他身上穿的那件皮袄上，
有豌豆般的繁星在闪烁。

还有他在节日里常戴的
用猫皮制作的那顶皮帽，
怕冷地望着祖坟上的雪，
有如冷月投射它的光照。

我从山丘朝外祖父喊道：
“天上的父，你答理吧……”
但雪松静悄悄地打着盹，
朝向下面挂满了枝杈。

但我的喊声传不到
他所在的遥远的岸边……
听，像穗子那样，从土里
正长出雪的叮咛在耳边。

“起来反抗吧，洞悉一切吧！
命运并没有被讲述完。

谁能激活和创造一切，
谁就能知道时间和期限。

快用喇叭的火焰和风暴，
让上帝的呼喊响彻天际，
于是那黄色犬牙般的云，
定会咬掉乳白色的肚脐。

那肚子必将掉落出来，
把权利统统化为灰烟……
谁能按圣母的旨意思考，
谁就能登上星星的船舰。”

（1917 年 8 月）

披着绿茸茸的秀发……

——给卡申娜[1]

披着绿茸茸的秀发，
袒露少女般的胸脯，
你为何，苗条的小白桦，
朝池塘把目光凝注。

风儿告诉你什么？
沙尘把什么歌抒？
莫非为梳理叶辫，
你需要一把月梳？
你快快对我敞亮，

① 卡申娜·利吉娅·伊万诺夫娜（1886—1937），是叶赛宁的女友，他故乡康斯坦丁诺沃村年轻的女庄园主，每年夏天都带着子女回村。

木质思想的奥秘，
你秋前悲凉的喧响，
我早已爱在心里。

小白桦回答我说：
啊，好奇的朋友，
牧人在这里洒过泪，
今夜才满天星斗。

月光把暗影铺开，
草木闪着光彩。
抱起光裸的膝盖，
牧人搂我入怀。

伴着树叶声瑟瑟，
牧人深深地叹息：
别了，我亲爱的，
新鹤来时再相聚。

（1918 年 8 月 15 日）

唱吧唱吧，伴着该死的吉他……

唱吧，唱吧。伴着该死的吉他，
你手指跳成半圆形舞姿，
我的最后的唯一的朋友啊，
我真想在痛饮烂醉中呛死。

你可别朝着她的手腕
和她肩头滑落的丝巾张望。
这女人身上我找过幸福，
料不到落个倒霉下场。

我怎知情欲原是传染病，
我怎么知情欲是一场鼠疫。
她走近我挤眉弄眼，
挑逗得无赖汉魂不附体。

唱吧，唱吧，为我抚平
我们往昔放荡的伤痕。
随她去吻另一个人吧，
这个年轻美貌的贱人。

啊，等一等。我不骂她。
啊，等一等。我不诅咒。
让我在这根低音弦伴和下
把我的情怀对你奏一奏。

我粉色圆顶似的年华流逝着，
心中有一串金黄色的美梦。
我曾抚摩过许多个姑娘，
在角落搂抱过不少女人。

有一句刺耳的真话，
我曾用童稚的眼偷看过
一群公狗正在轮番地
舔吻春情勃发的母狗。

我对她没有什么可嫉妒的。
这事儿没什么值得我难过。
人生是床单一条，床一张。
人生是接吻并跳入漩涡。

唱吧，唱吧！这两条胳膊
不祥的挥动包藏着不幸。
可我告诉你，去他们的吧……
朋友，我绝不会因此丧命。

（1922 年）

给母亲的信[①]

你无恙吧，我的老妈妈？
我也平安。祝福你安康！
愿你小屋的上空常漾起，
薄暮那不可言状的光亮。

常接来信说你揣着不安，
愁得你为我深深地忧伤，
还说你常穿破旧的短袄，
走到大街上去翘首张望。

---

① 叶赛宁的母亲叫塔吉雅娜·费奥德罗夫娜·叶赛宁娜（1875—1955），叶赛宁诗中多次提到的平凡而伟大的农村妇女形象。像《给母亲的信》这类用近乎白描的叙谈形式反映社会大变动的书信体抒情诗，是叶赛宁在俄罗斯诗歌史上对开拓抒情诗的一大贡献。这类诗，除本诗外，还有《给一个女人的信》《给外祖父的信》《回信》《母亲来信》《给妹妹的信》等，几乎全都写于后期，即1924—1925年的创作高峰期。

每当蓝色的幕帘垂挂，
你眼前浮现同一幻象：
仿佛有人在酒馆厮打，
把芬兰刀插进我的心房。

没什么，亲人，你可放心。
这只是一场痛苦的幻梦。
我还不是那样的醉鬼。
不见你一面就把命断送。

我依旧是温柔如当年，
心里只怀着一个愿望：
尽快挣脱不安的惦念，
回到我们低矮的小房。

我会回来的，等她来春光，
咱白色的花园枝叶绽放，
只是你别像八年前那样，
黎明时分就唤醒我起床。

别唤醒那被人提过的事儿，
别勾起宏愿未遂的回想，——
生平我已亲自体尝过
过早的疲惫和过早的创伤。

不用教我祈祷。不必了！
无法再回到往昔的时光。
唯有你是我的救星和慰藉，
没有你是我不可言状的光亮。

你就忘掉自己的不安吧，
可不要为我深深地忧伤，
别总穿着件破旧的短袄，
走到大街上去翘首张望。

（1924 年）

给一个女人的信①

您记得吧，
您当然什么都记得，
记得我曾经
身靠墙壁站着，
您激动得在房间里走来走去，
还朝着我的脸
投去厉声的斥责。

您说道：
我们已该分道扬镳，

① 本诗是叶赛宁献给他已离婚并改嫁（给著名戏剧家梅耶尔荷德）的前妻津娜伊达·拉伊赫（1894—1939）的。他在以“一失足成千古恨”的憾恨诉说了自己对拉伊赫的愧疚，思念和良好的祝愿的同时，以激动的心情回顾自己在时代洪流中沉浮和由此在心田里激起的感情波澜，这类小中见大，寓伟大于平凡的信体诗是叶赛宁对俄罗斯抒情诗的新开拓。

我那种放荡的生活
已苦苦地把您折磨，
您已该做点正经事儿了，
而我的命运——
却是继续往下坠落。

您当时不爱我呀，亲爱的！
您不知我在那一大群人中
是一匹由大胆的骑手驾驭的
被驱赶得大汗淋漓的马。

您不知道，
一片烟雾使得我扑朔迷离，
风暴使我的生活翻天覆地，
我痛苦极了，
因为我不明白，
不祥的事变要把我引向哪里。

脸对着脸，
面容难辨，

大事远看才可见。
当平静的海面沸腾起来时，
大船就面临着覆没的危险。

大地像条大船！
有一个人忽然间
为着新的生活、新的光荣，
威严地把他引向
风雪交加的深海之中。

我们中有谁在大船的甲板上
没有跌倒，没有呕吐，没有骂娘？
很少有人凭着老练的心，
在颠簸中仍然那样坚强。
我的年华也已今非昔比，
我用另外的方式思考和感受，
在节日祝酒时我说：
赞美和荣誉应该归舵手！

如今我

在温柔的感情的冲动下，
记起了你那忧郁的倦容，
如今我
急着要告诉您：
我曾经是个什么样子，
我又成为怎样一个人。

亲爱的！
我很愉快地告诉您：
我幸免了从悬崖坠身。
如今在苏维埃国家里，
我是最狂热的同路人。

我已经不再是
当年的那个人，
我不会再像从前那样
来折磨您的心灵。
为了自由、
光辉劳动的旗帜，
即使走到英吉利海峡我也甘心。

请原谅我……
当时就连我
也在粗野的喧嚣声中，
尽管对职责十分清楚，
却走下了大船的底舱，
为了不看人们的呕吐。

这个底舱就是
俄罗斯的酒馆。
我俯身在杯子上边，
为着对谁也不眷恋，
在纵酒烂醉当中
将自身断送。

亲爱的！
我使你痛苦不安，
在你那双疲惫的眼里
流露出了几分惆怅：
我在你面前为了壮壮观瞻，
竟在丑闻中耗尽了自己的力量。

但您不知道，
一片烟雾使得我扑朔离迷，
风暴使我的生活翻天覆地，
我痛苦极了，
因为我不明白
不祥的事变要把我引向哪里……

如今那些岁月已经逝去，
我知道：您已不是从前的您了，
您已经和那位
严肃的，聪明的丈夫生活在一道；
您已不需要我们之间的烦恼，
我自己也清楚，
对于您我已不再需要。

在更新了的门廊覆盖下，
您按星辰指引的那样
生活吧，
向您致敬，

永远铭记您的

老相识

谢尔盖·叶赛宁

（1924年）

花①

一

花儿都低低地朝我点头，
把“永别了！”的话对我倾吐，
说我在近处再也看不见
故乡的田野和祖辈的故土。

亲爱的花儿！没什么，没什么！
我见过你们，也见过大地，
像消受新的抚爱一样，

---

① 叶赛宁于 1924 年 12 月 21 日从巴统给在巴库的朋友恰金所写的信上这样写道：“《花》发表不发表由你决定。这是一首哲理诗，对这首诗应当这样来读：喝一点酒，想一想星星，想想你在空间中是怎么行事，等等。这样这首诗，便好理解。”同年，他在给别尼斯拉夫斯卡娅的信中说：“《花》也许是我所写的作品中最好的一部。”诗人在这首诗中用拟人与象征混合的手法描述了花、人和钢铁几者之间的关系，发掘了生与死、人与自然、爱与恨、忧与喜、强与弱等多种深邃的哲理。

也将承受入墓前的战栗。

二

春日的黄昏，蓝色的时辰，
嘿，我怎能不喜欢你们，
我怎么能不喜欢你们，花儿？
我真想和你们举杯对饮。

喧鸣吧，紫罗兰和木樨草，
我的心灵遭到灾难了。
我的心灵遭到灾难了，
喧鸣吧，紫罗兰和木樨草。

三

风铃草啊，莫非你的热情
用歌声摇响了我心灵之铃，
还说道，和我们相距很远呀，
那双矢车菊般可爱的眼睛。

别唱！别对我唱！饶恕我吧。

情焰本来就在胸中燃烧。
她来了，像难割难舍的爱情
又回到了“重新”的韵脚。

四

我的花儿！并非谁都能
知晓我的心已在颤抖，
并非谁都能用它的火焰
烧暖我这冰冷的心头。

并非谁都能伸出手掌，
敢于捉住凶恶的命运。
我像一只扑火的飞蛾，
飞向篝火把火焰亲吻。

五

我不喜欢灌木丛中的花，
我不把他们称作花儿，
纵使我的嘴挨着他们，
也说不出温情的话儿。

我只爱那样的小花，
它在泥土里扎下根须，
我爱着它，也接受它的爱，
犹如对待北国的矢车菊。

六

甚至花楸树上也有花儿，
这花儿是红果的先驱者，
他们像冰雹一样落地，
便从高处抛下了紫红色。

他们不是地上的那花，
花楸的花儿——又当别论。
他们是生命，如同我们的躯体，
在万古的混沌中繁衍子孙。

七

我的爱，原谅，原谅我吧，
对什么我都不曾回避。
但人生路上我最亲切的，

是我所无法重复的东西。

你和我也都无法重复，
我们死了，有别人替代，
但一切毕竟已不是原样，
我不属于你，你非我所爱。

八

花儿，你低低地朝我点头，
把“永别了”的话儿对我倾吐，
说什么在近处再也看不见
他的脸庞、我的故土。

没什么，就让我见不着吧！
另一些花儿也叫我惊叹，
所以我要用口编的歌儿，
把一马平川的土地颂赞。

九

人们难道不也是花儿吗？

啊，亲爱的，你会了然，
这里没有空洞的话语，
犹如花茎摆动着躯干。

我的这颗头颅对于你
难道不就是金色的玫瑰？
人的花既会爬，也会走，
严寒和酷暑都能绽新蕾。

十

我见过花儿来去匆匆，
打从我知道在这世上，
那个事件发生在十月，
我的心便变得更善良。

花儿彼此厮杀不休，
红花比群芳更善于战斗，
红花多半在风雪中凋萎，
但他们以任性的威力，
终于叫那些刽子手败北。

十一

十月啊，十月！
我非常地可惜
那些已经凋落的红花。
钢铁把玫瑰的头割去，
但他仍然不怕钢铁。

大地上会走路的花儿啊！
他们能更干净地挫败钢铁，
用钢铁可以制造船舰
用钢铁可以建造住宅。

十二

因为这缘故我才认识
世界不是苦行僧的戒律，
我把“世间万物可重复”，
柔情地编进我的诗句。

因为这缘故我要歌唱，
我的歌不会白白浪费，

我要给恋人交出头颅，
就像交出金色的玫瑰。

（1924年）

波斯抒情（组诗）

我那旧日的伤痛平复了……

我那旧日的伤痛平复了，
呓语[①]吞噬不了我心房，
我用德黑兰的蓝色花朵，
在茶馆医治心灵创伤。

一位膀大腰圆的老板，
想叫俄国人把茶馆赞美，
不堪烈性伏特加和葡萄酒，
而是款待我们红茶一杯。

款待吧，主人，但别太殷勤，
你花园里有不少玫瑰在争春，
她们轻撩起身上的黑披纱，

---

① 俗称梦话，即指叶赛宁在经历精神危机时期后留下的后遗症，即对苦涩的往事狂乱的追忆。

不是无故朝我顾盼传情。

我们俄国对春天般的姑娘，
不会像拴狗似的拴上铁链，
我们学接吻不必花金钱，
不争风斗殴和巧用短剑。

哦这貌美如霞的女郎，
为了她身姿的娉婷翩跹，
我要送给她霍拉桑[①]的披肩，
我要送给她设拉子[②]的地毯。

主人，把茶沏得更浓些，
我对你永不会口吐谎言，
如今我可以对自己负责，
替你负责我倒是很为难。

① 波斯（今伊朗）东北部的城市。

② 波斯（今伊朗）一城市，是著名诗人萨迪、哈菲兹的故乡。

你对大门别盯得太紧，
花园里还有一个小门……
她们轻轻撩起身上的黑披纱，
不是无故朝我顾盼传情。

（1924 年）

我今天问一个钱币兑换商

我今天问一个钱币兑换商——
一卢布他给换半个土曼[①]：
我该怎样给美丽的拉拉
用波斯语说“我爱你”的温柔字眼儿？

比清风和凡湖[②]水流还更轻，
我今天问那位钱币兑换商，
我该怎样给美丽的拉拉，
把“接吻”这温柔的字眼谈讲？

我把羞怯深藏在心房，
再次问那位钱币兑换商，

① 波斯（今伊朗）1932年以前的金币。
② 土耳其湖名。

我该怎样给美丽的拉拉，
把“你是我的”这句话谈讲？

钱币兑换商回答得很简单，
爱情不能用话语来谈讲，
谈恋爱只能悄悄地叹息，
双眸却似宝石般发光。

接吻没有自己的名称，
接吻不是墓碑上的题词，
接吻散发着红玫瑰的芳香，
落英缤纷般在唇上消失。

爱情无需乎拍胸担保，
有了它却可喜忧分尝，
只有把那双揭开黑披纱的手，
才能把“你是我的”来谈讲。

（1924 年）

莎甘奈啊，我的莎甘奈……[1]

莎甘奈啊，我的莎甘奈，
莫非我生在北国心向北，
愿把那田野向你来描绘：
月光下的黑麦浪一样摇摆，
莎甘奈啊，我的莎甘奈。

莫非我生在北国心向北，
那里的月亮也要大百倍，
无论设拉子有多么的美，
不会比梁赞的沃野更可爱，

---

① 诗人在波斯的神游中，遇到了一个可以促膝谈心的波斯女郎。据前苏联某研究家考证，诗中的莎甘奈，是巴统市一位中学女教师，和诗人只有一面之交。本诗是融音乐美与建筑美于一炉，诗节与诗行之间彼此回环往复一唱三叹，令人心醉神迷。著名的叶赛宁研究家普罗库舍夫认为，除了普希金的诗以外，叶赛宁的诗中也有着莫扎特音乐般的令人着迷之物。

莫非我生在北国心向北。

愿把那田野向你来描绘，
我的头发从黑麦里撷采，
你愿意，就往手指上缠起来！
我一点也不会觉得疼痛，
愿把那田野向你来描绘。

月光下的黑麦浪一样摇摆，
从我的鬈发你猜得出来。
亲爱的，开个玩笑，微笑吧，
只是别唤醒我忆旧的情怀：
月光下的黑麦浪一样摇摆。

莎甘奈啊，我的莎甘奈，
在北国也有一个姑娘在，
她长得跟你出奇的相像，
也许，她正在把我怀想……
莎甘奈啊，我的莎甘奈。

（1924 年）

你曾说的那位萨迪……[1]

你曾说的那位萨迪，
只吻胸脯从不吻嘴，
看上帝分上你等一等，
总有一天我也能学会。

你唱道：“在幼发拉底河那边，
玫瑰胜过人间的姑娘。”
假如我是一个富翁，
定编一支新曲来歌唱。

我真想剪去这些玫瑰，
因为我只有一种快慰：
叫普天下没有一样东西，

① 波斯著名诗人萨迪（1203—1292）。

比我可爱的莎甘奈更美。

你别用传统来折磨我，
我没有传统可以遵循，
既然我生来是个诗人，
就要像诗人一样接吻。

（1924年12月19日）

我从未到过博斯普鲁斯海峡……

我从未到过博斯普鲁斯海峡，
别向我来打听它的风光，
我在你明眸里看见了大海，
它摇曳着浅蓝色的焰光。

我没有随着商队到过巴格达，
未曾运去过丝绸和染色油[1]。
请弯下你那苗条的腰肢吧，
快让我歇息在你的膝头。

无论我怎样恳求你听听，
也许你永远会无动于心，
在遥远的名字——俄罗斯那里，

---

① 一种用来染发、染指甲的颜料。

我是个公认的著名诗人。

手风琴正在我的心中鸣响，
月夜的犬吠声传入耳鼓，
波斯女郎，难道你不想
见一见遥远的蓝色国土？

来这里我不是出于寂寞，
是无形的你唤我到你身旁，
你那天鹅般的双臂搂抱我，
像两只翅膀缠绕在我身上。

我早在命运里寻求宁静，
连往事我也不怨天尤人，
给我讲点有趣的事儿吧，
谈谈你欢快的国家的新闻。

请压下我心中手风琴的幽怨，
用清新的气息给我斟饮！
免得我为遥远的北国姑娘，

总在叹息、怀念和思忖。

我虽未到过博斯普鲁斯海峡，
但为你可想象它的风光，
反正你的明眸似大海，
它摇曳着浅蓝色的焰光。

（1924年12月21日）

番红花的国度里暮色苍茫……

番红花的国度里暮色苍茫，
田野上浮动着玫瑰的暗香。
我的亲爱的，请给我唱支歌，
把哈耶姆唱的那首唱一唱。
田野上浮动着玫瑰的暗香。

设拉子笼罩着一片月光，
蝶群般的繁星在天顶回翔。
我不喜欢波斯的男人
让妇女和姑娘穿上披纱。
设拉子笼罩着一片月光。

莫非因热得不能动弹，
他们把黄铜般身躯遮上？
莫非为更加招人喜爱，
不愿让自己的脸晒黑，

他们把黄铜般身躯遮上。

亲爱的，你别和披纱结缘，
请把这戒律扼要记心上。
我们的生命本来就短暂，
难得有缘来赏玩幸福，
请把这戒律扼要记心上。

你所领受的天惠神恩，
把命定的一切丑陋遮掩。
既然造化把美容给了你，
那么这将是一种罪过，
如果蒙起来不让人看见。

田野上浮动着玫瑰的暗香，
心儿却梦见另一个国邦。
亲爱的，让我亲自给你
把哈耶姆从未唱的唱一唱，
田野上浮动着玫瑰的暗香。

（1924年）

天空澄清而又蔚蓝……

天空澄清而又蔚蓝，
我走进鲜花盛开的林间。
奔向碧色天际的旅人，
你一路走去看不到荒原，
天空澄清而又蔚蓝。

你走过草地似穿过花园，
园中的百花争妍斗艳，
你不禁要把你的目光
停在一丛丛石竹上流连。
你走过草地似穿过花园。

这絮絮耳语或簌簌声响，
柔美如听萨迪的诗章。
在那明眸里忽然映出

悦耳迷人的黄色清光，
柔美如萨迪的诗章。

将传来绝色美人的声音，
像加桑的笛声一样悠扬，
在娇躯紧紧搂抱的怀里，
没有焦虑，也没有失落，
只有家乡的笛声回荡。

每一个疲于奔波的旅人
无不期盼这样的佳运。
习习的风啊拂来馨香，
我用干裂的嘴唇痛饮，
习习的风啊拂来馨香。

（1925年）

清冷的月色金子般橙黄……

清冷的月色金子般橙黄，
夹竹桃紫罗兰竞相飘香。
多么好啊，在静穆之中漫步
在这温柔的浅蓝色国土上！

在遥远的地方有个巴格达，
山鲁佐德[1]曾生活和歌唱。
而今她什么也不需要了。
喧闹的花园已再无声响。

大地上年代久远的幽灵，
早已任坟头的野草盖满，
旅人，别聆听死人的话，

① 即《一千零一夜》中那位挺身而出，用给暴君一夜讲一个故事的计谋拯救即将无辜被残杀的姐妹的人。

别把头俯向墓地的石板。

你看着周围景色多么好，
嘴唇禁不住想吻玫瑰花。
心里只消跟敌人一妥协，
番红花就会叫你乐无涯。

潇洒地生活，尽情地爱吧，
在金色月光下嬉游、亲吻，
如果你想要崇拜死人，
别用他的梦搅扰活人。

连山鲁佐德也这样唱过，
黄铜色树叶将重说一遍。
对于什么也不需要的人，
只能在世上对他们可怜。

（1925 年）

霍拉桑有这样一家门户……

霍拉桑有这样一家门户，
门槛上飘落玫瑰无数，
有沉思的绝色美人居住。
霍拉桑有这样一家门户，
然而我未能推门进入。

不是我的手力气不足，
我的头发够金光夺目，
美人的声音动听柔和。
不是我的手力气不足，
然而我未能推门进入。

我求爱的勇气毫无用处。
何必呢？我的歌唱给谁听？
既然莎嘉已了无妒意，

既然我未能推门而入，
我求爱的勇气毫无用处。

如今我该返回罗斯[1]去。
波斯啊，竟然我要离开你？
出于对故乡的深情眷恋，
我竟然要永远和你分离？
如今我该返回罗斯去。

再见吧，绝色美人，再见。
纵然我未能开启你门院，
但你给了我美好的惆怅，
在祖国我仍要把你歌唱。
再见吧，绝色美人，再见。

（1925 年 3 月）

① 11—17 世纪俄国史书中对俄罗斯疆域的称谓。叶赛宁常借用罗斯称呼俄罗斯，以赋予此词以民族传统的修辞色彩和诗人独特的怀古之情。

菲尔多西浅蓝色的祖邦……

菲尔多西浅蓝色的祖邦，
你不会让我的记忆变凉，
忘却一个温柔的俄罗斯人
和他那单纯、沉思的目光，
菲尔多西浅蓝色的祖邦。

波斯啊，我知你美丽异常。
玫瑰花像灯盏一样绽放，
它们那清新矫健的姿影，
又使我想起遥远的故乡。
波斯啊，我知你美丽异常。

今天我最后一次啜饮这芳香，
它醉人和家酿啤酒一样，
我也是最后一次在聆听

亲爱的莎嘉，你的声音，
在这依依惜别的时光。

然而我怎能将你遗忘？
在我漂泊不定的生涯里，
我将向至近和疏远的人
诉说种种关于你的情状，
我永远也不会把你遗忘。

我不怕你会遭遇不幸，
但为了防范阴雨的不测，
我留下了罗斯的歌给你唱，
当你唱起歌你就想想我，
在歌中我对你会发出回响。

（1925 年 3 月）

做一个诗人，就应当这样……

做一个诗人，就应当这样：
既然生活的真理无法违抗，
就要剖开自己柔嫩的肌肤，
用感情的血液抚慰他人的心房。

做一个诗人，就要歌唱自由，
让自由更贴近你的心房，
夜莺歌唱，他不觉得难过，
它也在把同一支歌吟唱。

金丝雀只模仿别人的声音，
他是可怜又可笑的小铃铛。
世界却需要用语言来吟唱，
独特得哪怕就像蛙鸣一样。

穆罕默德在古兰经中施计。
严禁饮用烈性的酒浆，
所以当诗人经受精神折磨时，
总是把葡萄淡酒品尝。

当诗人去找他的心上人，
她却和新欢共枕同床，
他亏得受葡萄淡酒的保护，
才没有将刀捅进她心房。

但他胸中燃烧起妒火，
回家前吹着口哨思量，
“算了，我像个流浪汉死去吧，
在世间我们已习以为常。”

（1925 年 8 月）

我恋人的双手像一对天鹅……

我恋人的双手像一对天鹅，
在我的金发里时现时没。
这普天之下的所有人们
都一唱再唱这爱情的歌。

从前在远方我也曾唱过，
如今我又把它重新唱起，
因此那溢满柔情的话语
深深地呼吸生命的气息。

假如让心儿尽情地爱，
他将变成一个大金块，
然而德黑兰当空的皓月，
无法用歌声暖我心怀。

我不知该怎样度过此生——
在心爱的莎嘉的爱抚中燃尽，
还是到老年时内心激动地
因错失颂爱的勇气而伤心？

万物都有自己的特色：
有的悦耳朵，有的娱眼睛。
如果波斯人编不好歌，
他绝不会来自设拉子城。

因为这些歌而谈到我时，
请在人们中间这样说：
他本可唱得更柔和美妙，
结果却毁丁一对天鹅。

（1925年8月）

为什么月光如此暗淡……

“为什么月光如此暗淡，
当临照霍拉桑的花园和屋墙？
仿佛我漫步在俄罗斯的田野，
头顶着簌簌响的雾的帷帐。”——

我曾这样地，亲爱的拉拉，
向夜间沉默的柏树提问题，
这棵棵柏树却一语不发，
把头颅向天空傲然昂起。

“为什么月光如此忧伤？”——
我在幽林里向花儿提问题，
花儿回答说：“从玫瑰的哀婉，
你就察觉出其中的奥秘。”

玫瑰的花瓣飘落在地上，
玫瑰用花瓣告诉我秘密：
“你的莎嘉奈和别人温存了，
莎嘉奈已吻了另一个情侣。”

它说：“这位俄国人看不出……
心儿要诗，歌要生命和肉体……”
因此月光才如此暗淡，
因此月光才苍白凄迷。

变心的事儿我见过真不少，
泪与痛，有人要，有人不要。
……
但大地上淡紫色的夜晚，
仍旧永远无比的美好。

（1925 年 8 月）

愚蠢的心啊，可别激荡……

愚蠢的心啊，可别激荡！
我们全都在上幸福的当，
只有乞丐才乞求同情……
愚蠢的心啊，可别激荡。

月儿迷人的黄色清光，
朝栗子树间的缝隙流淌，
我依偎着拉拉的灯笼裤，
在她的披纱下面掩藏。
愚蠢的心啊，可别激荡。

我们有时都像孩子，
常又是欢笑又是哭泣，
因为在人世间我们逢上，
又是欢乐又是挫折，
愚蠢的心啊，可别激荡。

我到过许许多多国家，
将幸福找遍海角天涯，
只是一厢情愿的命运，
我可再也不想去找它。
愚蠢的心啊，可别激荡。

生活没让人完全上当，
我们会重新汲足力量。
心儿啊，你尽可小睡片刻，
在这里，在恋人的膝头上。
生活没让人完全上当。

也许来如雪崩的命运，
会突然地发现我们俩，
它将用夜莺的婉转歌声
来回报我们对爱的呼唤。
愚蠢的心啊，可别激荡。

（1925 年 8 月）

这个浅蓝色的欢快的国家

这浅蓝色的欢快的国家，
我的名声已卖给了诗篇，
海上来的风，轻轻吹吧——
可听见夜莺把玫瑰呼唤？

你听，玫瑰在躬身弯腰——
这支歌回响在我的心间。
海上来的风，轻轻吹吧——
可听见夜莺把玫瑰呼唤？

你是个孩子，这毫无疑问，
然而我难道不是个诗人？
海上来的风，轻轻吹吧——
可听见夜莺把玫瑰呼唤？

再见吧，我亲爱的盖利亚[①]，
路上常常有不少玫瑰花，
不少玫瑰花都躬身弯腰，
但只有一株会心地微笑。

我们一起笑吧，你和我，
为了这些可爱的地方，
海上来的风，轻轻吹吧——
可听见夜莺把玫瑰呼唤？

这浅蓝色的欢快的国家。
我虽把一生交给了诗篇，
但在绿叶中，当作盖利亚，
夜莺把玫瑰搂抱在胸前。

（1925年4月8日）

① 是叶赛宁的朋友恰金之女，才6岁，诗人用她象征美人，与抒情主人公并列，同时用“夜莺与玫瑰”（诗人与美人）这一传统主题来作对应。

你为我唱起那首歌吧……

——致舒拉妹妹

你为我唱起那首歌吧，
老母亲曾给我们唱过，
虽不惋惜逝去的希望，
对你的歌我仍能伴和。

我可知道，也很熟悉，
因此才掀动我心海的波澜，
仿佛我从故乡的家园，
听到了一阵柔声的抖颤。

你为我唱吧，我也来唱，
唱同一首歌，和你一样，
只消把眼睛微微合上，
我又见张张可爱的面庞。

你为我唱吧，我的欢乐是——
我永远不是独自一人，
既爱秋天花园的篱笆，
也爱花楸树的落叶飘零。

你为我唱吧，我会记起的，
不再因健忘而皱眉忧心，
我是那么轻松愉快地
想见母亲和忧郁的鸡群。

我永远爱上小白桦树，
那蒙雾带露的修长身段，
和那宛如镀金的发辫，
和它身穿的粗布长衫。

我心儿并没感到难受——
因为在听歌和饮酒的当下，
我仿佛就是亭亭玉立在
故园窗下的那棵小白桦。

（1925年9月13日）

可别带着责备的神情望着我……

可别带着责备的神情望着我，
我对你并不怀有鄙薄之情，
但我爱你脉脉含情的眼神
和你带着几分狡狯的温顺。

你好像在向我伸开双臂，
因此我好像高兴见到你，
犹如一只装过死的狐狸，
在逮大大小小的乌鸦喂自己。

好吧，逮我吧，我不惧怕，
只是可别熄灭你的热情，——
像你这样的眼睛已多次
撞上我这颗已冷却的心。

亲爱的，我爱的并不是你，

你只是回声，只是阴影。
我通过你梦见的是另一个人，
她有一双鸽雏般的眼睛。

纵然她的神情并不温顺，
好像外表看来很冷峻，
但她用那庄严的步态，
彻底撼动了我的心灵。

这样的女人未必会受迷惑，
你不愿意走，但还是会去，
即使被抚爱灌醉的谎言，
也无法混入她的心曲。

但毕竟，在鄙视你的同时，
我会惶恐地永远直言道：
假如没有天堂和地狱，
人自己就会把它们臆造。

（1925年12月1日）

不要噘着嘴苦笑，拽着我的手……

不要噘着嘴苦笑，拽着我的手，
我爱另一个女子，可不是你。

你自己也知道，非常清楚——
我看见的不是你，并非来找你。

我从旁边走过，并没有介意——
只是想把一瞥，投进窗户里。

（1925年10月4日至5日）

我记得，亲爱的，记得……

我记得，亲爱的，记得
你的秀发那种光泽。
当我不得不离开你，
并不轻松和快乐。

我记得秋天那些长夜，
背阴处那白桦的簌簌响……
多盼望那时的白昼短些啊，
那时的月亮照得更悠长！

我记得你曾对我讲：
“浅蓝色的年华将逝去，
亲爱的，你也将会和新欢
永远的把我忘记。”

今天，叶茂花鲜的椴树，
又勾起我绵绵的情感：
那是我曾怎样温柔地，
给你的鬈发洒满花瓣。

我的心，并不会冷却，
忧伤地爱着另一个女子，
和她回想起你来时，
仿佛记起一段爱情故事。

（1925年）

在亲爱的阿妞塔身旁……

在亲爱的阿妞塔身旁，
我度过最美好的时光。
她的眼睛像蓝色的小窗，
其中有我的爱我的心房。

（1925 年 6 月 12 日）

树叶飘落了，树叶飘落了……

树叶飘落了，树叶飘落了，
风在呻吟，
悠长而沉闷。
有谁能愉悦我的心田？
有谁能安慰它，我的友人？

我抬起变得沉重的眼皮，
目不转睛地望着月亮。
在这秋意萧索的寂静里，
公鸡报晓的啼声又响。

黎明的时分，青色的拂晓，
满天飞舞着无数的星辰，
占算个心愿该会有多好，
就不知该盼什么样的好运。

尽诅咒自己的厄运和家庭，
在生活的重轭下有什么可盼？
如今我多么想在我的窗前，
能见到一位好姑娘[1]出现。

但愿她用矢车菊般的眼睛，
只为我一人——
不为别的谁——
用新的话语，新的感情，
来安慰一下我的心灵。

但愿在这皎洁的月下，
当我消受幸福的命运时，
不再一味沉溺于歌声，
见到别人欢乐的青春时，
再也不会为自己憾恨。

（1925 年 8 月）

① 指别妮斯拉夫斯卡娅。

窗头挂着月，窗前拂着风……

窗头挂着月，窗前拂着风，
凋零的白杨树银光亮晶晶。

孤独的手风琴声，迢迢的哀怨，
是那样亲近，又那样遥远。

不详的歌声在笑，又像在哭，
我古老的菩提树[1]，你在何处？

我也是每逢节日一到清晓，
拉着手风琴奔向恋人怀抱。

---

① 叶赛宁在《玛利亚的钥匙》一文中谈到释迦牟尼坐于其下的“那棵树”（即菩提树），在这里和白桦一样，用作家园的象征。

如今我在她心中已不值分毫，

听着别人的手风琴，我又哭又笑。

（1925年8月）

听，奔跑着雪橇，雪橇在奔跑……[1]

听，奔跑着雪橇，雪橇在奔跑。
携恋人失落在野外好不逍遥。

欢快的微风羞羞答答胆儿小，
铃声却沿光裸的原野在飞飘。

啊，你，雪橇！我浅黄色的骏马！
沉醉的枫树在林间空地欢跳。

---

① 这首诗写得那样飘逸洒脱，颇有点李白月下独酌的韵味，也是那样物我难分，那样诗情喷洒，那样妙语天成。李白想通过月、我、影三者的交欢而驱散世无知音的孤独感，叶赛宁则借我、恋人（想象的）、枫树三者的同舞，来驱遣心头的悔恨和孤寂。在生活中叶赛宁对李白的天才也是十分向往的，1924—1925 年在高加索期间，叶赛宁曾有机会听过《东方霞光报》主编尼古拉·维尔日比茨朗诵的李白的诗和他讲述的有关李白的传奇故事，简直听得入了迷（见王守仁著《叶赛宁传》208—209 页）。

“这是怎么了？”我们驶近它它问道，

我们仨便跟着手风琴一起舞蹈。

（1925 年 10 月）

浅蓝色的短袄，蓝色的秋波……

浅蓝色的短袄，蓝色的秋波。
对恋人我一句真话都没说。

恋人问我道：“是暴风雪不？
该生起炉子，该铺好被褥。”

我回答恋人说：“如今从高处
有人在撒下白色的花朵。

你去生炉子，你去铺被褥，
缺了你暴风雪早在心里住。”

（1925 年 10 月）

可怜的作家，难道你还在……

可怜的作家，难道你还在
编造这咏唱月亮的清歌？
我的目光早已冷却了，
倦于爱情、纸牌和美酒。

啊，月亮钻进窗棂来了，
光那样微弱，不见五指……
我把赌注押在“黑桃皇后”上，
赢回来的却是“红方块爱司”。

（1925 年 10 月 4—5 日）

你对我不爱也不怜悯……

你对我不爱也不怜悯，
莫非我长得不够漂亮？
情欲使你茫然若失，
却把两手搭在我肩上。

露齿而淫荡的年轻女郎，
我对你不粗鲁也不温存，
告诉我，你抚爱过多少人？
挨过多少臂膀？多少嘴唇？

我知道，它们消逝如阴影，
但没有把你的情火点起，
你坐过许多人的膝头，
如今又坐在我的怀里。

你尽可眯缝起你的眼睛，
去思念随便哪一位情人，
我反正并不怎么爱你，
尽想远方那位心上人。

别把这情焰称作共命运，
逢场作戏可轻率得很——
一如和你萍水相逢，
我会微笑着安然离分。

你也将会走自己的路，
打发走毫无乐趣的光阴，
可别去挑逗未吻过的汉子，
别勾引情窦未开的人。

当你同别人穿过小巷，
一边和他谈论着爱情，
也许我也走到小巷去，
我会和你再一次相逢。

你掉头依偎别人的肩膀，
把自己的头微微低垂，
你将轻声对我说：“晚安！”
我会回答说：“晚安，小姐。”

什么也不会缭乱我的心，
什么也不会使它颤跳——
恋过的人不可能再爱，
成了灰烬，无法再燃烧。

（1925年12月4日）

也许已晚了，也许还太早……[1]

也许已晚了，也许还太早，
多年来，我一直没有思忖：
我已变成和唐璜[2]一样了，
是名副其实的轻佻诗人。

发生了什么？我成什么啦？
我天天挨着另一些膝头，

---

① 这首诗写的是爱情与悔恨相交织的主题，爱情上的失误引起的悔恨，悔恨的痛苦又加剧了爱情上的迷误（寻求一时的刺激，而不触及灵魂）。是晚了，还是太早？说它晚，指诗人悔恨的急切，说它早，是说他还没彻底地认识。是欢乐，还是痛苦？叶赛宁自己曾写道：“粗暴的人得到欢乐，温柔的人得到悲伤。”他一生就在粗暴和温柔之间徘徊，但他基本的性格还是温柔的，他的诗，基本情调还是忧伤。粗暴时求得的欢乐，只是借酒浇愁，只是负心的举动，最后却成为绵绵愧疚的源泉。这首诗以罕见的真挚的心灵剖析而成为真正的心灵深处的诗。

② 拜伦的讽刺史诗《唐璜》中的主人公，是一个善良的热血青年、浮华的贵公子。

我天天都不可惜我自己，
对负心的创痛难以忍受。

在温柔而单纯的情感里，
我总盼心儿少一点悸动，
我能寻找什么呀，在轻浮、
虚伪、空虚的女人眼中？

我的鄙夷，阻拦住我吧，
我一直有你作为我的特征。
我心里犹存冷却的沸腾，
和那浅蓝的丁香簌簌声。

心存柠檬色的落日余光，
有个声音透过暮霭回响：
情感的放浪会有报应的，
接受命运的挑战吧，唐璜！

当我平静地接受挑战，
我知道我将同样地看待：

视风暴为五月蓝色的花，
把感情的震颤称之为爱。

就发生这些，我就成这样，
我所以挨着许多人的膝头，
是想让幸福永远地微笑，
对负心的痛苦不堪忍受。

（1925年12月13日）

抒情诗

星星[①]

明亮的星星，高悬的星星！
你们有什么秘密瞒着人？
蕴含着深邃思想的星星啊，
你们用什么力量醉人心？

繁多的星星，密布的星星！
是什么美色和威力藏在身？
你们靠什么，天上的星星啊，
把苦苦求索的伟大来吸引？

为什么当你们洒下光辉，
勾起我对广袤天宇的憧憬？

---

① 当年教过叶赛宁的希特罗夫（斯巴斯·克列皮克教会师范学校教师）在回忆叶赛宁时写道："第一首使我感到震惊的他的诗是《星星》。"这首诗在诗人生前没有发表过。

你们柔情地抚慰着心扉，

天上的星星，迢遥的星星！

（1911 年）

逝去了的，再也回不来……

我无法让那个凉夜再回来，
我无缘再睹女友的风采，
我听不到那支欢快的歌了，
夜莺在花园曾唱出我的爱。

那个春夜已飞逝而去了，
无法对它说：“回来吧，等等再……”
秋天终于来到了眼前，
连绵的雨丝勾起我愁怀。

女友正在墓中安眠着，
把爱情往自己心底掩埋。
秋风惊不破她的长梦，
再不会使她的热血澎湃。

那只夜莺的歌沉寂了，
夜莺已经飞远飞海外，
不会再响起优美的歌了，
夜莺在凉夜曾唱出我的爱。

心爱的乐事也已经驰去了，
当然在生活中曾令人开怀，
心里只剩下冷却的感情了，
失去了的，永远也回不来。

（1911—1912 年）

哭泣

哭泣……又是这痛苦的哭泣，
又是这凄凉的忧愁和悲伤；
又是这黑暗……这破碎的幻想，
驰往没有尽头的远方。

后来又怎样？又是这痛苦？
不，够了……该休息休息，
并忘却着忧愁的声音，
我的心本来就疲倦已极。

谁在白桦的树荫下唱歌？
这歌声听来仿佛很熟悉——
这又是哭泣……这是哭泣
和思念故乡的一种情谊。

但我就待在亲爱的故乡，
却用哭泣使我的心疲惫。
唉……看来，只有在寒墓中
我才能够忘怀和安睡。

（1911—1912 年）

朝雾茫茫的远方我看不见……

朝雾茫茫的远方我看不见：
我的未来有什么可预期，
是幸福，或是弥漫着悲凉，
或是可怜的心将要歇息。

或是这些灰蒙蒙的雾霭，
将再次让我感到悲伤，
将给我的心致命的创伤，
又将不用火就灼痛我的心房。

但透过雾茫茫远方的黑暗，
我看见晚霞正燃红天际，
这对悲哀的大地是死亡，
是死亡，但对我却是安谧。

（1911—1912 年）

遥远的春歌

在离我很远很远的地方，
有个人欢快地唱着一支歌。
我想迎合这支歌的旋律，
但失望的心不让我这样做。

我的心枉然地朝他飞去，
从自身去寻觅类似的声音，
因为早在过去的时光，
我的力量就已经耗尽。

我过早地开始飞翔，
憧憬人间美好的理想，
我早早地就埋怨起幸福来，
心中掂量着遥远的过往。

我早早地就用火热的心，
为自己寻觅过阴霾时光，
如今我无法回应这支歌，
因为我身上没有这种力量。

（1911—1912年）

我点燃了自己的篝火……

我点燃了自己的篝火，
火焰突然间旺了起来，
还像宽阔的波涛似的，
向四周的空间流散开。

于是昏暗渐渐地散落，
飘向无边无际的远方。
从我这沉甸甸的心中，
驱走积在里边的哀伤。

一种无望宣泄的忧郁，
在我点燃的篝火近旁，
在燃煤轻轻的噼啪声中，
化作我的一支歌飞翔。

于是我便十分快乐地，
看着自己点燃的篝火，
一边回忆着伤心的事，
一边轻声地唱起了歌。

我又被黑暗笼罩，
我的篝火已燃尽，
只剩下一堆灰烬，
在里面得以留存。

于是忧伤和苦闷，
又笼罩我的心房，
重又从很远的地方，
飘过来一缕哀伤。

我预感雷雨快来了，
我的心痛得更厉害，
朝着这一堆残煤，
眼泪潸然地落下来。

（1911—1912 年）

从窗前走开！

不要走到我的窗前来，
不要践踏绿色的草坪，
我早就不再爱你了，
但别哭，安静地别作声。

我真诚地对你怜悯，
我的美和你有什么关系？
为什么你不让我安宁，
为什么你这样折磨自己？

反正我不再是你的了，
我如今对谁也不再爱，
我不爱你，但我怜悯你，
快从我的窗前走开！

别忘了：我曾经是你的，
我曾经疯狂地爱过你；
我如今已不爱，只是怜悯——
走开，不要折磨你自己！

（1911—1912 年）

我的人生

仿佛我的人生注定要受罪；
痛苦和忧郁挡住我前进的路；
仿佛我的人生和快乐永无缘，
我的心受尽忧郁和创伤的折磨。

仿佛我今生摊上了痛苦的命运；
不怎么好的命运光顾我的人生，
我生命里本来忍受的就够多的了，
忧郁和痛苦双双折磨我的心。

迷蒙的远方预示着快乐和幸福，
可一到那里，只听得叹息和哭泣。
突然间暴风雨袭来，雷声隆隆，
就让我美妙、甜蜜的幻想破灭。

我悟出和懂得了人生这一骗局，
不再抱怨自己不怎么好的命运，
心儿不再为忧郁和创伤而难过，
没人能帮我摆脱痛苦和不幸。

（1911—1912 年）

致亡人

很快就会严实地把顶盖上，
使你永远无法站起来，
在只有无感觉者长眠的地方，
将会用寒土把它们掩埋。

当我们来到这里走近的时候，
你将用沉默对待我们的呼唤。
同时用习以为常的手
我们将给你献几个花环。

那些花环将变得美丽，
墓地将在其中放光彩。
朋友们不会把你忘记，
将常常把你铭记心怀。

安息吧，我们亲爱的朋友，
你等着，我们再到你身边来。
我们会竭力节制哀伤的，
也许，我们很快就到你身边来。

（1911—1912 年）

在墓旁

在这质朴柳树下的墓中，
他被埋在黄土下安息，
他心灵纯净，激情圣洁，
信仰像火红的霞光般绚丽。

在这位人世受苦者的心里，
悄然地熄灭了幸福的火焰，
于是一团阴影便笼罩上，
那副谁也无法理解的容颜。

他安息着，柳树在他周围，
躬身垂下自己的树枝，
仿佛它们陷入了沉思，
动念思索他的得失。

"远方"被滋生忧郁的风
吹得皱起眉悄悄哭泣。
仿佛那里一切都在为
这早逝的可怜青年惋惜。

（1912—1913 年）

水滴[①]

珍珠般的水滴呀，绚丽的水滴，
你们披着金色的阳光多么漂亮，
可在春秋的时节，凄凄的水滴，
你们散落在湿窗上又何等悲凉。

在忘情的生活中欢乐的人们哪，
你们在旁人眼中多高大伟岸，
可在沉沦的昏暗里受尽冷落，
在活人的世界上找不到慰安。

秋雨的水滴啊，你们把多少苦涩，
飘洒在人们满怀愁绪的心上，
你们悄然划过玻璃窗时还徘徊着，

---

① 这首诗在诗人生前没有发表过。

仿佛在那里仍寻觅往日的欢畅。

受尽折磨身遭不幸的人们哪，
你们带着内心的伤痛直到暮年，
对难以忘怀的往昔的美好光阴，
如今你们仍频频地把它呼唤。

（1912 年）

你在寂静的黄昏哭泣……[1]

你在寂静的黄昏哭泣，
把伤心的泪水洒落地上，
但我们仍然互不理解，
虽然你难过，我也悲伤。
你离我急急地跑到了远方，
一切理想便枯萎无光，
我重又独自一人留下，
无人慰抚，我心里忧伤。
我常常在薄雾冥冥的时分，
走到我俩曾幽会的地方，

凭遐想我看见你可爱的倩影，
寂静中我听见你在哭泣悲伤。

（1913 年）

① 这首诗在诗人生前没有发表过。

在天空的蓝色盘子上……[1]

在天空的蓝色盘子上，
黄云吐着蜜香的青烟。
夜幻想着，人们入梦乡，
唯独我受乡愁的熬煎。

松林被划上云的十字，
深深吸着甜味的云烟。
山坡抻长自己的手指，
去曳天庭裂缝的指环[2]。

沼泽里有只苍鹭在叫唤，
蹬得水扑哧扑哧直响。

① 这首诗在诗人生前没有发表过。
② 喻指月亮。

一颗孤星从云背后窥探，
像一滴水掉落到地上。

我真想在这浑浊的烟里，
用那颗心去点燃森林，
随它们也在烈火中死去[1]，
如闪电的反光没入天庭。

（1913—1914 年？）

① 诗人仿佛想用星星点燃森林而起的大火，烧死自己，以熄灭自己恼人的乡愁。

可爱的家乡啊！心魂总梦怀……

可爱的家乡啊！心魂总梦怀
水面上那禾垛般的阳光点点。
我真想从此永远消隐在
你万籁交响的绿色乐园。

在重新垛垛的禾场，沿地界
有木樨草和三叶草的法衣。
柳树，一群温顺的修女，
不断扬起数念珠的声息。

沼泽地正在吞霾吐雾，
天上的秤杆烧出了焦烟。
我把对一个人的思念
悄悄隐藏在自己心间。

我面对一切，承受一切，

高兴和幸运地捧出新心曲，

如今我来到这个人世，

是为了快一点别它而去。

（1914年）

你多美，罗斯，我亲爱的罗斯……

你多美，罗斯，我亲爱的罗斯……
农舍像一尊尊披袈裟的圣像……
一眼望不到你的尽头啊，
独有碧空在吮吸我的目光。

我如一个远道的朝圣者，
把你的田野尽情瞭望。
在你那低矮的寨墙近侧，
白杨迸发凋零的脆响。

在救主节来临的各个教堂，
飘散着苹果和蜂蜜的芳香。
草场上人们围跳起轮舞来，
圈外是欢快的民间舞的声浪。

我沿着踩踏过的小径，
奔向宽广的绿色草场，
迎着我想起少女们的笑声，
仿佛一串耳环在作响。

假如天兵朝着我喊叫：
“快抛弃罗斯，住进天国！”
我定要说：“天国我不要，
只需给我自己的祖国。”

（1914 年）

我是牧人；我的宫殿……

我是牧人；我的宫殿——
块块田亩正绿波荡漾，
青山的斜坡映入眼帘，
鹡鸣声声在耳边回响。

云儿聚在树林的上空，
用黄色飞沫将花边织造，
我在那凌空的悬崖下，
朦胧地静听低语的松涛。

白杨披着露珠的衣衫，
在沉沉暮霭中绿光莹莹。
我是牧人；我的宫殿——
是田野一片柔软的绿茵。

母牛同我侃侃谈心，
用点头示意的语言。
一片芬芳的阔叶林，
用树枝唤我来到河边。

我忘却人世间的不幸事，
在砍倒了的树枝上安眠。
面对殷红的朝霞画十字，
还在小溪旁进着圣餐。

（1914 年）

你呀，我背离了的故乡……

你呀，我背离了的故乡，
你呀，我的故乡，荒原，
那一片无人收割的草场、
森林，还有那座修道院。

木屋一栋栋东倒西歪，
总共不过有五户人家。
屋顶的盖草如波涛澎湃，
像泽间小道般的朝霞。

在那禾草的袈裟下面，
裸露出了刨光的叉梁，
风儿还把太阳的光点，
撒到灰蓝色的霉斑上。

乌鸦扑扇着它的翅膀，
撞起窗户来弹无虚发，
稠李树把衣袖只一扬，
风雪似的洒一身落花。

莫非你的往事和生活，
都已变成留存的传闻？
针茅草悄悄在黄昏时刻，
把它告诉了我这旅人？

（1914年）

罗斯（第五节）

啊，我的田野，可爱的犁沟，
你们在悲伤中也可爱！
我爱这些破败的农舍，
和白发老母亲们的期待。

我要跪倒在桦皮鞋跟前，
愿你们——耙、镰和犁安宁！
我凭着未婚妻们的目光，
猜得出未婚夫在战场的命运。

我屈服于那些软弱的念头，
但愿做长在水边的杂树。
我要随农妇们笃信美满，
点燃着黄昏星星的蜡烛。

我识破星星无数的想法，
响雷和黑暗都吓不退它们，
扶着木犁听着祖传的歌，
死神和监狱都不会入梦。

他们都相信这些费了劲儿，
才写成的潦草的书信，
他们幸福和高兴得哭了，
像久旱逢甘霖那样欢欣。

遥想和亲人告别的时刻，
脚下草绵绵，头上露盈盈，
仿佛他们又在迷雾的远方，
这是草场割草的欢快场景。

啊，罗斯，我温柔的祖国，
我心中只把对你的爱铭刻，
你短暂的欢乐令人愉快啊，
听着春天草地上响亮的歌。

（1914年）

给我的公主

远方暗淡了，我在晚霞中哭泣，
这时夜铺好了露水的床褥，
号哭的浪涛耳语着静息了，
芦笛在远处应和着浪的号哭。

浪对我说：“我们枉然忧郁”，——
向两岸藏匿，抛下身上的覆盖物，
苍白的月镰用它冰凉的一吻，
微笑着把我的眼泪冻成珍珠。

我给你，明眸公主，带来了
我孤独的悲伤之泪的珍珠，
和那用海浪花织成的温柔面纱。

但醉人的心不喜欢我的爱情……

就为你不要的一切，给我个吻吧？
就为月亮的吻，给我个吻吧。

（1913—1915 年）

我把半已凋残的花儿……

我把半已凋残的花儿
放到你的床前，
我倦了的幻想顿失生气，
连同它的花瓣。

我对紫罗兰悄声诉说
正在消逝的爱恋，
你可别再呼唤我前往，
我泪洒过的房间。

我们不是活着，而是念着，
对于我们，一瞬就是美，
但你无法用你的热吻
点燃我这张冰冷的嘴。

尽管我在幻想中总读到：

“你没爱过我，对我不怜惜。”

但是我比你更加理解，

你在爱情纠葛上的悲戚。

（1913—1915 年）

浓云用丛林织出了花边……

浓云用丛林织出了花边，
芬芳的烟霭也袅袅升起。
从泥泞路我驱车驶出车站，
还远离故乡的林边草地。

树林呆住了，悄然淡漠，
夜幕像头巾挂在松林外。
含泪的思绪吞噬着心窝……
啊，故乡，你们闷闷不快。

枞树姑娘们忧忧郁郁，
我的车夫也信口哼唱：
“我将在牢床上面死去，
并将被人家草草埋葬。”

（1915年）

狗之歌[①]

清早，在黑麦秸搭的狗窝里，
一排金灿灿的蒲席上头，
母狗生下了七只狗崽，
七只清一色棕红的小狗。

表示爱抚，从早直到晚，
母狗用舌头把它们舔梳，
像融化的雪一般的乳汁，
在它暖烘烘的肚皮下淌流。

---

① 这是叶赛宁的一首影响极大的名诗，既是自然的人化，又是情思的物化，具有历久不衰的艺术魅力。1922 年 5 月 17 日叶赛宁在柏林阿·托尔斯泰的寓所向高尔基朗诵了《狗之歌》，高尔基深受感动地说："谢尔盖·叶赛宁与其说是个人，不如说是造化特意为诗歌，为表达绵绵不绝的'田野的悲哀'，表达对一切动物之爱和恻隐之心（人比万物更配领受它）而创造出来的一架管风琴。"

可到了晚上，当一只只鸡
跳上炉口前的小台去夜宿，
走出来一位阴沉沉的主人，
往口袋装进全部七只小狗。

母狗沿一个个雪堆奔跑，
紧紧跟踪在主人的身后……
还没冻冰的平静的河面
就这样久久、久久地颤抖。

当母狗踉踉跄跄往前走，
一边舔着两肋淌下的汗流，
农舍上悬挂的那钩残月，
在它眼里也像一条小狗。

母狗对着幽蓝高空，
眼巴巴望着，哀号不休。
淡淡的月牙儿轻轻溜走了，
藏到了田野小丘的背后。

恰似有人投去戏弄的石头，
母狗却当作施舍物接受，
眼泪便暗暗朝雪地滚落，
仿佛正陨落金色的星斗。

（1915年）

狐狸

——献给 A.M. 列米佐夫

被打断了腿，一拐一瘸，
狐狸在洞口像个团蜷缩，
血在雪上像镶花薄边似的，
勾画出毛如密林的脸谱。

它总觉得硝烟中有枪声，
林间的泥塘在眼前晃动。
树丛中飞出毛茸茸的风，
抛洒着急促断续的响声。

烟雾像黑啄木鸟在头顶窜飞，
潮湿的傍晚发黏又嫣红。
狐狸惊慌地抬起头来，
舌头在伤口上呆呆不动。

黄尾巴在雪暴中像烈火跌落，
嘴里像咬着霉烂的胡萝卜……
弥漫着银霜和黏土的气味，
血悄悄地朝眯缝着的眼渗入。

（1916 年）

晚霞的红翅膀渐渐消退……①

晚霞的红翅膀渐渐消退，
篱笆在雾中悄悄地打盹。
我白色的农舍啊，别为了
又只剩下你和我而愁闷。

一钩弯月在农舍的草顶，
刷洗自己箍蓝边的双角。
我没有跟她走，也不曾
送她到幽僻的禾垛外上道。

我自知岁月将冲淡不安，

---

① 叶赛宁借用了“展开了翅膀，但不会飞翔”“翅膀消退了，白天像，只空有凌云志的大鸟，只得让位于黑夜了”等民间谚语中的翅膀形象，而形成了描绘晚霞的新颖意象。善用色彩象征的叶赛宁笔下的红色，具有令人不安的色调，诗中提到的“她”可能是与诗人有过情缘，但彼此未成眷属的恋人。

这痛苦会和时光一样流尽。
她正为另一个人保护着
自己的芳唇和纯洁的心灵。

祈求欢乐的人算不了强者，
唯有高傲者在力量中生存。
另一人定将摆布并抛弃她，
当作潮湿发霉的车轭抛扔。

出于苦闷我期待着命运，
新血将恶狠狠地飞旋，
她定会来到我的故乡，
给自己的孩子带来温暖。

她脱下皮大衣，解开披肩，
挨着我在炉旁坐下烤火，
并将平静而温柔地说起，
孩子的模样长得像我。

（1916年）

山那边，黄色的深谷那边……[①]

山那边，黄色的深谷那边，
有一条幽长的村间小径。
我看见树林和晚霞的光焰，
和爬满荨麻的篱笆的身影。

教堂圆顶上一早就泛起
天空尘沙的莹莹蓝光，
湖面润湿过的阵阵清风，
摇得路边的小草丁零响。

---

① 这首诗在周刊上发表时是献给安娜·阿列克赛耶芙娜·赛尔丹诺夫斯卡娅（诗人青年时代的恋人）的，据诗人在给朋友潘菲洛夫的信上称，有一次他在离家前两三周赶上教堂的建堂节，在神父处他认识了赛尔丹诺夫斯卡娅。

不是因为平野上的春歌，
我才真正爱着绿色的旷原，
我怀着和灰鹤同样的秋愁，
爱上那高高山上的寺院。

当黄昏的蓝天蒙上烟霭，
落日的余晖在桥头垂挂，
我可怜的漂泊女郎，你总要
躬身祈祷爱情和十字架。

修道士有一颗温柔的心，
我常常把祷词贪婪地聆听，
请你对着救世主祷告吧，
为我这颗死去的灵魂。

（1916 年）

平板大车嘎嘎地唱起歌……[1]

平板大车嘎嘎地唱起歌，
原野和树林退奔向后方。
一座座教堂从路边又闪过，
荐亡的十字架更添凄凉。

一阵含燕麦味的风吹来，
又勾起我暖洋洋的忧伤。
我不禁用手画起十字来，
朝钟楼抹石灰浆的砖墙。

啊，罗斯，绛红的田地，
和那倒映在水的蓝天。

---

① 诗中的平板大车成为古老的罗斯的象征，平板大车的缓缓运行和运行时所发出的嘎嘎声响，从形状和声音再现了古老的罗斯乡村的风貌。

我爱你湖泊的满腔忧郁，
爱得我心里又疼又喜欢。

冷峻的灾难无法可估计，
你[1]在濛濛的雾岸锁着眉。
但要不爱你和不信任你——
我却无论如何学不会。

我决不把这具锁链交出，
也绝不抛别这悠悠梦乡，
只要故乡的草原还发出
祷告着的针茅草的喧响。

（1916年）

① 指罗斯。

我又回到这里我的老家……[1]

我又回到这里我的老家，
我的故乡，你沉思而温柔！
冥冥的黄昏满头鬈发，
在山后挥舞着雪白的大手。

阴晦的日子两鬓斑白，
从身旁飘过，披头散发，
夜晚的哀愁频频袭来，
搅得我心波平静不下。

在个个教堂头颅的圆顶，
晚霞投下了更低的光芒。

---

① 叶赛宁从 1912 年只身由家乡康斯坦丁诺沃村去莫斯科后，一直身居城市而心思乡村，曾几度返回家园省亲忆旧，并写下一批抒发乡愁的杰作，这就是其中最著名的一篇。

往昔曾一起欢娱的朋友们，
我再也见不着你们的脸庞。

年光沉入了忘怀的大海，
我也跟随它不知去向，
只有那一泓清清的流水，
在鼓翼的风车下哗哗喧响。

我常常全身被暮色笼罩，
耳听着香蒲折裂的声音，
朝烟雾缭绕的大地祝祷
一去不返的遥远的旅人。

（1916 年 6 月）

在一抹暗淡的林梢背后……[①]

在一抹暗淡的林梢背后，
那难以摇撼的蓝天之上，
一只鬈毛小羊——新月，
像在浅蓝的草地上游逛。

在一泓静悄悄的湖水中，
新月的角和香蒲相触撞，
仿佛从遥远的小径流来，
湖水在把四周的岸摇晃。

那绿色帷幕披盖下的草原，
飘散着稠李的落红似烟，
在山谷背后，山坡之上，

① 这是叶赛宁给M.马里扬莫娃纪念册的题诗，通过对故乡诱人的自然景色的遥想，诗人在这里寄托了自己入城后与日俱增的乡愁。

滚动着一团想搭巢的火焰。

啊，针茅草丛生的故乡，
你的平静我感到亲近，
但在你那密密的丛林里，
满怀着盐碱土般的忧闷。

你也像我在哀伤的圣礼中，
忘却了谁是朋友和敌人，
心里总在苦苦地思念着，
玫瑰般的天和白鸽似的云。

但黑暗透过浩茫的碧空，
正怯生生地对着你指西道东：
那边是西伯利亚的铁枷，
这边是乌拉尔山的驼峰。

（1916 年）

莫徘徊，莫在红色草丛中……

莫徘徊，莫在红色草丛中
践踏滨藜草，也莫要寻踪。
披一头燕麦色头发的你
一去不返地离开了我的梦。

你曾是那么温柔、美丽，
皮肤像浆果汁那样水灵，
像玫瑰色的晚霞般红艳，
像白雪那样亮丽而光润。

你的双眸萎落、凋谢了，
芳名消融得像声音一样，
但在揉皱的头巾的折纹里，
还留着你素手沾上的蜜香。

每当朝霞像小猫在屋顶，
用脚爪洗嘴脸的寂静时分，
我听见那发自随风歌唱的
水的蜂房[1]对你的低吟。

纵然有时蓝色的夜晚
悄声告诉我你是歌，是理想，
但想出柔软的腰肢和双肩的人，
仍然把嘴唇贴在明亮的奥秘上。

莫徘徊，莫在红色草丛中
践踏滨藜草，也莫要寻踪。
披一头燕麦色头发的你
一去不返地离开了我的梦。

（1916 年）

---

① 喻指伴着潺潺的水流声的风车。

再见吧，家乡的密林……

再见吧，家乡的密林，
告别了，金色的泉流，
一团团飘浮的乌云，
扯碎在阳光的犁头。

辉耀吧，晴朗的天，
我心里却需要忧愁。
在我的皮靴筒后面，
再也无需乎带匕首。

在夜阑人静的时刻，
在马驹腹下难入梦，
连掷地有声的欢乐，
也难震得响这森林。

风雨必然要降临，
损失也不可幸免，
为了要在青天拉响
那隐身的天门铁环。

（1916年）

山楂果又已红了……

山楂果又已红了，
河水变得蓝莹莹，
月亮，忧郁的骑手，
掉落手中的缰绳。

像只蓝色的天鹅，
黑暗又从林中游出，
它用翅膀带来了
创造奇迹的圣骨。

故乡，生我的故乡啊，
永恒的耕者和战士，
如柳树下的伏里加[①]，

---

① 俄罗斯民间文学壮士歌中的英雄。

你低头陷入了沉思。

起来吧，你痊愈在望，
救世主也把你访问。
那天鹅的最后一唱，
抚慰你眼睛的彩虹。

这日暮黄昏的祭奠，
已将全部罪过赎回，
你酝酿成熟的雪片
散发着凉风的芳菲。

但这隐身的酵母菌[①]，
也越发温热了起来……
我，谢尔盖·叶赛宁，
细雨中将把你缅怀。

（1916 年）

---

① 是省略喻本的隐喻，意为思绪的酵母菌，在胸中孕育起来，针对雪片的酝酿成熟而言，内心的发酵自然是看不见的。

碎银般铮铮作响的小铃铛……[1]

碎银般铮铮作响的小铃铛，
是你在歌唱？是我在遐想？
粉红色圣像放出的光环，
正映照在我金色的睫毛上。

纵然如今的我不再是
鸽哨中的那个温柔少年，
遥想异地的小小树林，
我的梦欢快温顺如从前。

我并不需要坟墓的叹息——
话语无法和神秘拥抱，
但求你教会我一件事：

---

① 这首诗最早发现于 M. 玛里娅莫娃的纪念册中。

能够叫我永远醒不了。

（1917 年 2 月 1 日）

风儿没有枉自吹拂……

风儿没有枉自吹拂，
雷雨没有枉自倾盆。
有人用神秘而静谧的光，
灌满我的这双眼睛。

有了某个人春样的温柔，
我不再在蓝色的暗夜里，
为那费猜详的国土发愁：
他虽美好，但不在本地。

银河的沉默不令我压抑，
星星的恐怖不使我担忧，
我爱上世界，爱上永恒，
一如爱上了自己的祖屋。

那里的一切都愉快、圣洁，
全都是令人心动的亮光。
晚霞那红罂粟花般的余晖
溅洒在波平如镜的湖面上。

不由得在谷物的海洋之中
一个形象脱口而出：
刚刚产过牛崽的天空，
正在舔着红色的牛犊。

（1917 年）

在永远沉睡着奥秘的地方……

在永远沉睡着奥秘的地方，
有一片非尘世的田野在望。
人间啊，我不过是一名过客，
此刻在你的山地上游荡。

森林和河流宽阔无际，
大气的翅膀挥动有力，
但众多天体的运行却使得
你的世纪和流年不清晰。

亲吻我的并不是你，
我的命运已与你不相干。
我被安排了另一条道路：
从夕阳西沉到日出东山。

亘古以来就命定我要
向寂静无声的黑暗飞升。
在诀别的时刻我不会把
任何东西留给任何人。

但为你的宁静，我要从星际，
朝那个睡着雷电的房间，
在深渊之上点燃起我的
大如双月的永不熄灭的眼。

（1917 年）

你在哪里，在哪里，我的家园……[①]

你在哪里，在哪里，我的家园？
你在岗丘下曾给过我温暖。
还有我那蓝蓝、蓝蓝的花儿，
还有那没人踩过的沙地。
你在哪里，在哪里，我的家园？

河那边公鸡打鸣欢唱，
牧童在那里牧牛放羊，
水中的倒影熠熠闪射
三颗遥远的星的光波。
河那边公鸡打鸣欢唱。

---

① 诗人在诗中采用了每个诗段首尾两行诗相互重复的形式，使得诗人所欲倾泻的乡愁变得绵绵不绝，产生出愁肠百转的奇妙的美学效果。

时光像展翅的风磨一样，
在村庄外面垂放下月亮，
钟摆般把它放进黑麦田，
去倾注隐身的钟点的雨。
时光像展翅的风磨一样。

这场雨射出了一支支利箭，
用乌云把我的家园急旋，
割下我那蓝莹莹的花儿，
猛砸我那金灿灿的沙地。
这场雨射出了一支支利箭。

（1917 年）

田野收割尽，小树林光着身……

田野收割尽，小树林光着身，
水面漾起的湿雾弥漫，
静静的太阳有如火轮，
已滚下那蓝色的远山。

疏松的道路瞌睡沉沉。
如今它陷入悠悠的遐思：
离那灰白的寒冬来临，
只剩下屈指可数的日子。

啊，昨天我在雾中巧遇，
在喧响的林中亲眼看到：
棕黄色的月亮像匹马驹，

仿佛套进了我们的雪橇[1]。

（1917 年）

① 这两行似乎是神来之笔，写得那样融情入景，意象新颖，可与我国唐代大诗人李白的“山月随人归”相媲美。

我踏着初雪信步前行……[1]

我踏着初雪信步前行，
心潮迸涌如初绽的铃兰。
黄昏在我的道路上空，
点起了星星的蓝色烛焰。

我不知道是光明还是黑暗，
密林中的风啸还是鸡啼，
也许田野上没有降临冬天，
是一群天鹅栖落在草地。

啊，多美，这洁白的雪布！
微寒使我热血腾起！
多么想把白桦袒露的胸脯，

① 本诗袒露了叶赛宁对自然的深情，反映了他与自然的完全融合。

紧紧贴住我的躯体。

啊，林中遮天蔽日的雾气！
啊，白雪皑皑的原野多快慰！
多么想把我的两只手臂，
嫁接上柳树的木头大腿。

（1917 年）

我离别了可爱的家园……

我离别了可爱的家园，
把淡蓝色的罗斯[①]抛下。
白桦林像三颗星临照水池，
把老母亲的愁思融化。

月亮像金色的青蛙
在静静的水面趴着。
宛如流岚的苹果花，
父亲的胡须斑白了。

我不会很快就回去的！
暴风雨将久久地喧鸣，

① 本诗中第一节和第三节中两次运用“淡蓝色”来形容罗斯，纯系色彩象征性质，淡蓝色和蓝色一样，在叶赛宁的诗中象征一种欢快平静的感觉。

年老的枫树单腿独立着，
守卫淡蓝色罗斯的大门。

凡爱吻落叶之雨的人
看到老枫树都会欣喜，
就为那棵老枫树的树冠，
和我的头发一样美丽。

（1918 年）

心灵将天庭苦苦思念……[1]

心灵将天庭苦苦思念，
它曾久居世外天地中。
我喜看那树木的上面
绿色火焰的微微颤动。

那是金黄色树干的枝杈，
烛火般对奥秘闪着幽光，
枝上的新叶仿佛在说话，
话语的繁星[2]正竞相绽放。

---

① 这首诗典型地反映了叶赛宁的自然观，如俄罗斯评论家菲利波夫所说，“叶赛宁所反映的是人与自然的完全融合”。在叶赛宁的艺术世界里，大地和天空是用世界之树连接起来的。人起源于不可征服的大树，它植根于大地，伸展到天庭，树条上生长着智慧，它的心灵一头连着大地的痛苦，一头连着天庭的欢乐。

② 为隐喻结构，繁星是喻体，话语是喻本。

我能把大地的语言领悟，
却无法抖落大地的痛苦，
恰似一个凭积水映照出
从天掠过的彗星的峡谷。

犹如骏马无法用尾鬃
把饮水的月亮抖上脊背……
啊，假如眼睛也似新叶，
能朝着深奥处长出一窥！

（1919 年）

风啊，风啊，带雪的风……①

风啊，风啊，带雪的风，
你快掩埋我的往昔。
我愿做一个开朗的少年，
或做一朵花开在草地。

我愿听着牧人的笛声，
为自己为所有的人死去。
黄昏的飞雪扬扬纷纷，
把繁星般的铃声撒向耳际。

牧笛朗朗的颤音多悠扬，
当它在风雪中融化痛苦。

---

① 本诗显示了叶诗的风格特征之一——巧用通感手法：无形的铃声有了星星的形状，无温的笛声融化了心中的痛苦，无力的月光洵尽了诗人的忧伤。

我愿用单腿站立在路旁，
就像一棵挺拔的大树。

我愿谛听着马的鼻息声，
跟邻近的灌木拥抱在一起，
月光爪子啊，请你用个桶，
把我的忧伤淘上天去。

（1919 年）

我是最后一个乡村诗人……

——献给马里延果夫[①]

我是最后一个乡村诗人，
在诗中歌唱简陋的木桥，
站在落叶缤纷的白桦间，
参加他们诀别前的祈祷。

用身体的烛点燃的烛光，
将烧尽它那金色的火苗，
月亮这木制的时钟就要
把我的十二点闷声鸣报。

不久将走出个铁的客人，

① 马里延果夫·安纳托利·鲍利索维奇（1897—1962）系俄国意象派团体的创始人和理论家之一。

踏上这蓝色田野的小道。
这片注满霞光的燕麦，
将被黑色的掌窝收掉。

这就是无生命异类的手掌，
有你们我的诗就难生存！
只有这一匹匹谷穗骏马，
还将为旧日的主人伤心。

当风儿跳起追荐的舞蹈，
它就要吞没它们的嘶叫，
快了，快了，这架木钟
把我的十二点闷声鸣报！

（1920 年）

猫头鹰叫出凄切的秋声……

猫头鹰叫出凄切的秋声，
在途中清晨的原野飘荡，
金色的发丛已在飘零，
我的头颅将到处飞翔。

田野和草原的“咕咕”啼叫，
你好，浅蓝色的白杨母亲！
月亮很快要用雪擦澡了，
在树杈儿子的疏发上栖身。

落了叶我很快会觉得冰凉，
耳朵将灌满繁星的响声[①]。
没有我，年轻人仍将歌唱，

---

① 大自然因落叶而变得沉寂，此时观星，繁星相挤，仿佛能让诗人听得出声来。

老年人不再听我歌声。

从田野会走来新的诗人，
新的啸声将响彻树林，
风儿飘洒着一片片秋叶，
叶子耳语着一个个秋声。

（1920 年）

我不叹惋、呼唤和哭泣……[1]

我不叹惋、呼唤和哭泣，
一切会消逝，如苹果树的烟花，
金秋的衰色在笼盖着我，
我不再有芳春的年华。

我被这寒意袭过的心哪，
如今你不会再激越地跳荡，
白桦花布编织的国家啊，
你不再引诱我去赤脚游逛。

流浪汉的心魂哪，你越来越少
点燃起我口中语言的烈焰。

---

① 这首诗叶赛宁自称是读了果戈理的《死魂灵》第六章开头一段文字后有感而得。有人说诗人是在偕邓肯赴欧美度蜜月离开苏联时在莫斯科机场上将此诗交付出版单位的。

啊，我失却了的清新[1]、
狂暴的眼神和潮样的情感！

生活啊，如今是我倦于希望了，
还是你只是我的一场春梦？
仿佛在那回声尤响的春晨，
我骑匹玫瑰色骏马在驰骋。

在世间，我们谁都要枯朽，
黄铜色败叶悄然落下枫树……
生生不息的天下万物啊，
愿你们永远地美好幸福。

（1921年）

① 喻指青春。

蓝色的火焰升腾了……[1]

蓝色的火焰升腾了，
远方的家乡已淡忘。
头一次我唱起爱情[2]，
头一次丢掉胡闹狂。

我像座荒芜的花园，
贪恋过女色和美酒。
我不爱酗酒和跳舞了，
不再把生命付东流。

---

① 这是叶赛宁献给莫斯科小剧院女演员 A.П. 米克拉舍夫斯卡娅的一组爱情诗中的第一首，其余几首为：《你和大家一样单纯……》《纵使你已被别人喝干……》《亲爱的，我们并肩坐下吧……》《我满怀忧伤地朝你凝望……》《你别用冷淡折磨我……》《夜晚紧敛起黑黑的眉毛……》。

② 指不同于精神危机时期情场厮混的真正爱情。

我只想凝望着你，
把金灰色深渊[①]看个饱，
但愿你虽不爱那往昔[②]，
也别投入别人的怀抱。

轻柔的腰肢，娇弱的步态，
假如用你那颗执着的心
得知无赖汉多么会爱，
得知无赖汉多么温顺！

我真愿永远忘却小酒馆，
并真愿把写诗同时撂下，
只要细腻地抚摸你纤手，
和那秋色似的你的鬈发。

我真愿永远跟着你走，
哪怕回故里或奔他乡……

① 指女郎的眼睛。

② 指诗人因思想迷误、精神空虚而造成的丑闻。

头一次，我唱起爱情，
头一次丢掉胡闹狂。

（1923 年）

我满怀忧伤地朝你凝望……

我满怀忧伤地朝你凝望，
多么痛苦，多么可惜！
也许只有那黄色的垂柳，
跟咱们两人同留在九月里。

他人的嘴唇到处带走
你的温热和身体的战栗。
在你那稍稍麻木的心头，
仿佛下了场毛毛细雨。

那又怎么样！我不怕它。
我已发现了别样的欢乐，
因为我已经一无所剩了，
除却湿雾和金黄的衰色。

因为我连自己都没珍惜，
沉溺于欢笑和宁静的生活。
我走的路是这样的少，
我犯的错却如此的多。

可笑的生活，可笑的不和，
过去是如此，将来也这般。
我们的花园像一块墓地，
遍地被白桦的残骨布满。

如今我们也这样凋谢了，
像园中的过客，不再喧响……
既然冬天里没有花朵，
也就不必为它们悲伤。

（1923 年）

夜晚紧敛起黑黑的眉毛……

夜晚紧敛起黑黑的眉毛。
是谁的马匹在宅旁歇息。
莫非我昨天把青春喝干了？
莫非我昨天已不再爱你？

迟到的三匹马，莫打响鼻儿①！
我们的生活已去无踪影。
也许明天这张病床，
会让我永远得到安宁。

也许明天是另一番情景：
我将痊愈后离开这病榻，
去听雨水和稠李的歌声，

① 马一般累了才会打鼻响，意思是迟到的马匹，实际上就是诗人乘坐的三套车的马匹很累了。

健康人生活不能没有它。

我定会忘却阴暗的势力[①]，
它折磨我，撕肝裂肠。
温柔的面庞！可爱的面庞！
唯有你一人令我难忘。

纵然我将爱上别的恋人，
我也要对她，另一位女性，
谈起你时，我的亲爱的，
说我曾对你以亲爱的相称。

诉说我们还未成往事的
生活曾经怎样的流逝……
莫非你，我这剽悍的头，
使得我如此不可收拾。

（1923 年）

---

① 可能指否定文化传统的极左势力，而叶赛宁是这一传统的忠实维护者。

我们如今一个一个离去……

我们如今一个一个离去，
去到平静和美满的国度。
也许，我也很快该打点，
速朽的行装去准备上路。

我的心爱的小白桦树林，
你，大地！你们，沙原！
在这群行将辞世的人前
我无法来掩饰我的思念。

我太爱这个世界上一切
使心灵化为血肉的物品。
祝福白杨，它绽放枝叶，
朝绯红的水面望得出神。

我在寂静中百般地思量，

编写过不少唱自己的歌，
而我在这阴郁的人世间，
因呼吸、生活感到过幸福。

感到幸福的是吻过女人，
踩过花朵，在草上打过滚，
像对待自己的小兄弟那样，
从没把动物的头碰一碰。

我知道彼岸密林不茂盛，
黑麦似天鹅脖颈般沉寂。
因此在这群辞世者面前，
我总是感到不由得颤栗。

我知道那个国度里不会有
雾霭中金灿灿的田地里……
因此对同生活在人间的人
我才感到格外的亲昵。

（1924 年）

金色的小树林不再说话了……[1]

金色的小树林不再说话了，
听不见白桦欢快的语言，
鹤群满怀忧伤地飞去了。
对谁也不会再依依眷恋。

眷恋谁啊？世人都是过客，
去了又来，再辞别家门。
伴着淡蓝色池塘上空的圆月，
大麻田梦怀所有的离人。

我独自伫立在光裸的原野，
风儿把鹤群送往远方，
我遥想欢快的青春岁月，

① 这是叶赛宁的一首饱含哲理，略带哀伤但旷达、深沉的抒情诗，在苏联即已被谱成抒情歌曲。

但对往事我毫不惆怅。

我并不会恨蹉跎的年华，
我并不惋惜心灵的丁香。
园中那红似篝火的花楸，
温暖不了任何人的心房。

红透的花楸并不会烧焦，
发黄的小草并不会枯死。
我口中吐出忧伤的话儿，
像树木悄然落下了叶子。

倘若时光驰过像阵风，
把话儿当成废物收敛……
就请告诉它：金色的小树林
不再倾吐心爱的语言。

（1924 年）

远去岁月的爽朗笑声……

远去岁月的爽朗笑声
如今已无法驱散忧伤，
我那白色的椴树凋零了，
莺歌般的黎明不再欢唱。

当年我对一切都感到新奇，
百种情感交集在心海，
可如今连那温柔的话儿，
也像苦果从嘴里掉出来。

那些熟悉的辽阔地方，
在月光下已不那么好看。
小沟……大麻……斜坡
使俄罗斯的原野一派凄然。

不健康的，衰弱的，低矮的一切，

多水的，灰蒙蒙的平面之物。
这一切都使我感到亲近，
为它们总想放声大哭。

那开始倾斜的小木房，
羊的哭喊，风中的远处，
一匹瘦马甩起瘦尾巴，
两眼盯着欠温存的水池。

这就是我们称作祖国的一切，
这一切让我们在她的身上，
在期待欢笑的日子的同时，
能歌唱和哭泣得像阴雨天一样。

因此谁也无法用远去的岁月的
爽朗笑声来驱散忧伤。
我那白色的椴树凋零了，
莺歌般的黎明不再歌唱。

（1924 年）

安浅蓝色护窗板的低矮木房……

安浅蓝色护窗板的低矮木房，
我永远也不会把你忘记，——
在昏暗时刻沉寂了的年代，
竟是不太遥远的过去。

时至今日，我还常梦见，
我们的田野、草地和树木，
被覆盖着一块由贫瘠的
北国天穹织成的灰色画布。

我真不会再对他赞赏，
也不愿在僻壤消失踪影，
但大概我会永远拥有
俄罗斯心灵忧伤的柔情。

我爱看那些灰色的仙鹤，

鸣叫着飞往贫瘠的远方，
因为在田野的旷原上，
看不到可以饱餐的食粮。

看见的只是白桦和野花，
还有歪斜而无叶的爆竹柳丛，
还能经常听见那些令人
难逃一死的强盗呼哨声。

无论我怎么想要不爱，
总之我无法学会此道，
在这块廉价的花布覆盖下，
你对我亲切啊，故乡的哀号。

因而散发不久前气息的
已不只是青少年代……
安着浅蓝色护窗板的低矮木房，
我永远也不会把你忘怀。

（1924年）

来呀，吻我，吻我吧……[1]

来呀，吻我，吻我吧，
纵使吻出血，把我吻疼，
像开水般的心的血流
和冷漠的意志势难相容。

欢饮人中间打翻酒杯，
这对我们有什么妨碍。
你明白吗，我的女友，
人活世上，生命难再。

你用平静的目光环顾吧，

① 这首诗充满了对死的预感，对于诗人，“开水般的心的血流”，与“冷漠的意志势难相容”，这里暗示了造成诗人生命悲剧的社会背景是令人深思的，如今关于叶赛宁究竟是自杀还是他杀的争论，也不过是枝节性的问题，因为悲剧的根源只有一个。

看一看在潮湿的夜幕上，
残月像一只昏黄的乌鸦，
在大地上空盘旋、翱翔。

来吧，吻嘛，我要你吻。
朽物也已给我唱过歌，
看来在天上翱翔的精灵
预感到我的死期紧迫。

一天天在衰败的精力啊！
既然要死，那就死吧！
我真愿直到我死为止
一直吻着恋人的嘴巴。

我愿时刻在蓝色的梦中，
毫不隐瞒，也不羞涩，
在稠李树叶瑟瑟低语下
我说出一句话："我是你的。"

我愿那斟满的酒杯之光，

像团轻盈的泡沫常在——
喝吧，唱吧，我的女友：
人活世上，生命难再。

（1925 年）

蓝色的五月，红霞的温煦……[①]

蓝色的五月，红霞的温煦，
篱笆门的铃环不再响叮当，
苦艾散发出黏糊糊的气味儿，
稠李酣睡着，白斗篷披在身。

透过窗框的木头翅膀，
透过工艺精致的窗幔，
性情乖张的月亮在地板上
编织一个个花边图案。

我们的房间虽小却洁净，
我独自一人在工作之余……

---

① 诗人以愿意承受交织着苦和乐的一切的心情，在品尝蓝色的五月和红霞的温煦，诗人在面对险恶未来前对美好的过去无限留恋，给读者留下了很大的空白。

今晚我感到生活全都美，
仿佛对友人的愉快回忆。

春色满园，像大火熊熊，
月亮使足了全身的力气，
要使每个人听了心酸的
字眼“亲爱的”而浑身战栗。

只有我在这花季和良夜，
伴着欢快五月的手风琴声，
遥遥无期地承受这一切，
对一切我都无法憧憬。

我愿意承受——来吧，来吧……
让交织着苦和乐的一切临降。
保佑你，不再喧闹的生活，
保佑你，浅蓝色的凉爽。

（1925 年）

昏黄的淡月临照当头……[1]

昏黄的淡月临照当头，
无际的原野处处哀愁，——
这就是我儿时见过的景象，
何止我一人眷恋又诅咒。

道路两旁是干枯的垂柳，
大车的轱辘一路上哀唱……
如今我怎么也不会愿意
再遇上机会去把它欣赏。

对木屋我已变得淡漠，
炉中的火苗也不称心怀，

---

① 这首诗是诗人晚期抒情诗中的名篇，对研究诗人的思想发展和美学观点有一定的参考价值。从艺术上看，此诗是叶赛宁的淡淡的哀愁和深深的爱相熔铸的结晶，具有叶诗所特有的格调和韵味。

因为田野太贫穷，我就连
苹果树春花似雪也不爱。

如今我别有一番神往……
在这肺痨病[1]般的月光下，
透过这石和钢的一切，
我看见自己祖国的强大。

田园的俄罗斯！够了，够了，
别再在田里拖着木犁走，
你那一贫如洗的模样，
连白桦和白羊看得都难受。

我不知道以后我将怎样……
也许对新生活我不适合，
但仍想见到贫穷的罗斯
已变成一个钢铁强国。

---

① 当时诗人正怀疑自己患肺结核。

虽风雪阵阵或雷电不断，
我总在谛听马达的叫嚷，
如今我无论如何也不愿
再听大车轱辘的哀唱。

（1925 年）

别了，巴库！我再也见不到你了……[1]

别了，巴库！我再也见不到你了，
如今我心中满含恐惧和哀伤；
手抚摸的心脏更疼痛、更贴近了，
我更觉朋友这字眼的分量。

别了，巴库！别了突厥人的蓝天！
纵然力在衰退，血在冷却，
但我往墓里要当作幸福带进去
这里海的波涛和巴拉罕[2]的五月！

---

① 这首诗是叶赛宁逗留巴库两个月（1925 年 4—5 月）后即将离去前不久所写，是献给他在巴库多次会过面的朋友 B.И. 鲍尔多夫金。巴库在叶赛宁的创作生涯中占有重要的地位，他在这里克服了“精神危机”，迎来了新的创作高潮。

② 地名，是巴库市的一个郊区。

别了，巴库！别了，这淳朴的歌，
我要最后一次拥抱朋友……
但愿他的头像金色的玫瑰，
在丁香的花雾中朝我点头。

（1925 年 5 月）

我做场梦。道路黑黑……

我做场梦。道路黑黑，
战马白白，蹄疾步快。
一位可爱的年轻姑娘
骑着这匹马向我奔来。
奔呀，奔呀，这可爱的姑娘，
只是她并不是我的所爱。

唉，俄罗斯的白桦树林呀！
林中的道路多么狭窄。
像伸出双双敏捷的手臂，
你快把你的树枝伸出来，
拦住这梦一般的可爱姑娘，
只是为另一位我的所爱。

溶溶的月色，打盹儿的青空。

战马悠扬地把道路蹬踩。
月光如此神秘莫测，
仿佛为唯一的人才洒下来——
那一位，她身上也有这种光，
但这世上她已不复存在。

我是个无赖汉，是个无赖汉。
写诗写得我又酩酊又傻呆。
但毕竟为了这快马飞奔，
为了白桦的罗斯的未来，
为了不使心儿冷却，
我要和解，和并非我的所爱。

（1925 年 7 月 2 日）

在这世上，我只是个过客……

——给舒拉妹妹

在这世上我只是个过客，
你向我挥挥欢快的手掌，
在秋天的月那里也有
如此平静的慰人的光。

我第一次从月亮取暖，
我第一次暖身子避凉，
并且重又对生活和那
已不存在的爱情抱希望。

成因有我们的多平原地带，
它由白色的沙土掺盐形成，
还有一些人被蹂躏了纯洁无辜，

还有一些人天生就郁闷。

因此我永远也不会讳言：
爱不兴独行，也不兴分开，
我和你相共的同一种爱
使我们有缘爱起故乡来。

（1925年9月13日）

针茅草睡了。原野一片情……[1]

针茅草睡了。原野一片情，
铅灰色的艾蒿清新撩人，
任何一个别样的故乡
都不能把温暖注入我的心。

看来，我们命运都一样，
也许，你问谁他都会说：
在罗斯日子过得可好了，
欢欣、狂怒，也受折磨。

月光是如此神秘、颀长，
垂柳在哭泣，白杨在絮语。

---

① 这实际上是一首诀别诗，委婉含蓄地披露了他即将辞别人世的悲怆情怀，是环境不容，还是无心恋生？并没有点明。也许两者都存在。但即使是死，他也与故乡难舍难分。

虽然满耳是灰鹤的哀鸣，
但谁也不会厌弃故里。

如今生活以新的光芒，
已经触及了我的命运，
但不管怎样，我依旧是
歌唱金色圆木屋的诗人。

每夜我挨着枕头总看见：
别人的青春如对付强敌，
把新的事物用力喷向
我的草场和林间空地。

纵然深受新事物的排挤，
我仍能深情地唱出一句：
让我在自己心爱的故乡，
爱着一切安安详详地死去。

（1925 年 7 月）

闪亮吧，我的星，切莫坠下……[1]

闪亮吧，我的星，切莫坠下，
快洒下你那冷寂的光。
可知在坟墓的院墙之内，
不会搏动活着的心脏！

你闪着八月和黑麦的光亮，
并让静悄悄的田野充满
那些没有南飞的灰鹤
如此凄婉而颤抖的呼唤。

我更高地昂起自己的头，
不在丛林后，而在小丘外，

---

① 据叶赛宁的妻子托尔斯泰娅·叶赛宁娜回忆，叶赛宁写这首诗时感觉身体很不好，怀疑自己患有肺结核。他日渐消瘦，沉思而忧伤。从全诗的灰暗色调，也可以看出诗人写作时的心境。

我又听到有人在歌唱，
歌中把故乡和祖屋缅怀。

于是这金灿灿的秋天，
在白桦树身上减去液汁，
为所有我爱而抛弃的人
掉落下黄叶朝沙地哭泣。

我知道，知道，不久的不久，
我也该像黄叶落地般躺卧，
在那似穿孝的矮矮篱墙下，
不为我也不为别人的过错。

柔情的火焰就要熄灭了，
我的心将变成一堆灰烬。
朋友们将树一块灰色的石碑，
刻上欢快的诗体墓志铭。

但当我聆听着送殡的哀音，
我真想编支歌这样颂唱：

他爱自己的故乡和大地，
一如醉鬼爱小酒馆那样。

（1925 年 8 月 17 日）

生活是忧伤迷人的幻觉……[①]

生活是忧伤迷人的幻觉，
所以它这般强劲有力，
甚至能用那粗暴的手，
书写决定命运的文契。

每当我想要闭上眼睛，
我总要说：“你可要警惕，
生活是幻觉，但它有时
也会用欢乐使谎言美丽。

请正视这灰色的天空吧，
凭月亮占卜你的命运，

① 这首诗可以说是诗人复杂的思想矛盾和悲剧的人生道路的诗化总结，对于他来说，生活是忧伤的，也是迷人的，是真实的，也是虚幻的，全诗暗示了诗人生命悲剧的深刻原因。

凡人，你得知足，别要求
对你说你所不需要的真情。”

当稠李花飘落如暴风雪，
设想生活就是路会有益。
任凭轻浮的女友欺骗你，
任凭不忠的朋友出卖你。

任凭甜言蜜语抚慰你，
任凭恶舌比刀还锋利，
我早就准备对付一切，
习惯对一切都不再怜惜。

这些山巅冷却着我的心，
星星的灯火岂能暖胸怀，
我爱过的人抛弃了我，
我的心上人早已把我忘怀。

纵然深受排挤和驱赶，
我仍然含笑望着霞光，

为一切我要感谢此生，
在亲切可爱的土地上。

（1925 年 8 月 17 日）

看来，这是千古不变之理……

看来，这是千古不变之理——
人到三十会重归安分，
我们，不可救药的浪子，
和生活的联系越来越紧。

亲爱的，我很快就要三十了，
对大地一天比一天更亲近。
因此我的心总会梦见：
玫瑰色的烈焰焚烧全身。

既要燃烧，那就要烧尽，
我不是枉然在椴树花盛开时，
从鹦鹉身边取走一枚戒指——
我们信守至死的标志。

茨岗女郎把它戴在我的手上，

从手上摘下，我把它送给你，
如今，每逢手摇风琴忧伤，
我不禁揣怀羞愧的思绪。

脑海里掠过沼泽地的泥潭，
心中充满湿雾和昏暗：
也许，你在笑声朗朗中，
已把它送给你的新欢？

也许你们相吻至黎明，
他亲自向你打听个仔细：
你怎样逗引可笑愚蠢的诗人，
写出一行行性感的诗句。

也罢！这一创伤也会痊愈。
难过的只是看见生命的末端。
我这无赖汉还是头一次
蒙受该死的鹦鹉的骗。

（1925 年 7 月 14 日）

一朵彩霞呼唤另一朵……

一朵彩霞呼唤另一朵，
平静的燕麦田雾气腾腾……
我记起了亲爱的你，
我衰颓的老母亲。

像从前走向小山丘时，
自己的拐杖总在手里捏，
你望着漂浮在半睡不醒的
河面上的那只月亮旧鞋。

你想得很痛苦，我知道，
带着深深的不安和忧伤：
你的儿子一点也不
为自己的故乡撕心断肠。

然后你走到乡村墓地，

两眼紧紧盯着石碑，
为我的兄弟和姐妹
如此温柔、质朴地叹息。

纵然我们成长凭靠刀剑，
姐妹们的成长却像春天，
你还是不要悲伤地
抬起你充满活力的双眼。

别再悲痛了！别再悲痛了！
也该你偷偷地从旁察看：
苹果树也会因为失去
自己黄铜色叶子而心酸。

因为欢乐通常不多见，
有如春的声息在清早，
我宁愿在风中燃尽，
也不愿在枝头烂掉。

（1925年）

我是谁？我算什么？不过是……

我是谁？我算什么？不过是在黑夜里
丧失了蓝色眼眸的好幻想的人。
仿佛和人世间其他人一起，
我顺便度过我的此生。

我习以为常地和你亲吻，
因为我曾吻过许多人，
好像点一下火柴似的，
我吐出绵绵情话不费劲。

“亲爱的”“心爱的”“天长地久”，
可在心里却始终如一，
倘若触动人身上的情欲，
那么，当然，你找不到真理。

因此我心里并不执着于：
既不希望，也不要求情火，
你，我的会走路的小白桦，
被造化出是为多人和我。

但我总在找自己的亲人，
并为深陷冷淡的俘获而难受，
对你，我一点也不嫉妒，
对你，我一点也不诅咒。

我是谁？我算什么？不过是在黑夜里
丧失了蓝色眼眸的好幻想的人。
只是和世间其他人一起，
我顺便爱过你这个人。

（1925 年）

我还没见过你这样的美人儿……

——献给舒拉

我还没见过你这样的美人儿，
不过，你知道，在我内心，
并不恼恨，是欣然妒羡
你正在复制着我的青春。

你是我的矢车菊般的字眼。
我会永远永远地爱你，
咱家的奶牛生活得可好，
当它反刍麦秸的忧戚？

你一唱歌，我就爱听。
快用童年的梦医治我的心！
咱家的花楸树也许已燃尽，

在白色的窗前黄叶飘零？

妈妈梳理短麻时唱什么？
我一别家园永不得回还。
我只知像场绛红的风雪，
纷纷的落叶堆满了阶前。

还有我抛下的那只狗
在门口轻轻哀嚎咱们俩，
不再抚爱，也不流泪，
一如哭诉刚死去的新娘。

然而我还是不必回去了，
因此你那漂亮的梁赞头巾，
作为爱，作为悲和喜的标志，
并没有及时贴近我的心魂。

（1925 年 9 月 13 日）

哎，你们，雪橇！战马，战马！①

哎，你们，雪橇！战马，战马！
大概是魔鬼把你们带来人间。
在草原被驱赶得什么也不怕，
小铃儿放声直笑到涕泪涟涟。

没有月亮，也没有狗叫汪汪，
在远方，在那荒凉的一角。
我剽悍的生命，你可要挺住，
我还没有不可收拾地见老。

---

① 这是1925年叶赛宁从高加索返回莫斯科后所写。他在高加索写《波斯抒情》时便不止一次地对妻子托尔斯泰娅·叶赛宁娜说过他打算写一部以俄罗斯的冬天为主题的组诗。本诗便是其中的第一篇，其他属于同类主题的抒情诗还有《漫天的风雪纷纷扬扬……》《暴风雪急急地漫天飞旋……》《听，奔跑着雪橇，雪橇在奔跑……》《浅蓝色的短袄，蓝色的秋波……》等。

唱吧，车夫，莫去管这黑夜，
如你愿意，我亲自给你伴唱，
唱一唱那调皮的少女的眼睛，
唱一唱我那欢快的青春年光。

哎，你曾常常歪戴的便帽，
把马儿往马车车辕上一套，
一边还给自己挑一包干草，——
这情景再也无法把它找到！

当年的我何等风度翩翩！
我的那架爱说话的手风琴，
一到半夜寂静的时刻来临，
曾经留住多少颗女人的心。

一切过去了。我的头发已稀疏，
马儿死了，场院变得空空。
手风琴失落了往日的声音，
它再也不会跟人们侃侃谈心。

然而我的心灵还没有冷却，
我依然非常喜爱风雪严寒，
因为对过去所发生的一切
小铃儿放声直笑到涕泪涟涟。

（1925 年 9 月 19 日）

漫天的风雪纷纷扬扬……

漫天的风雪纷纷扬扬，
头上照射着凄清的月光。
我又看见故乡的寨墙，
风雪中见到窗口的灯光。

我们是流浪者，别无他求——
赋予我们什么，就把它歌吟。
如今我和家人又共进晚餐，
饭桌旁又看见我的老母亲。

她见了我，眼泪簌簌，
若无痛苦，悄悄默默。
我想伸手去端茶杯，
茶杯却从手中滑落。

亲爱、善良、年迈而温柔的人，

你可别跟忧思平起平坐，
听，伴和着风雪的手风琴，
我给你讲一讲我的生活。

我见过世面，到处漂泊，
我爱过多次，受尽折磨——
我之所以要无赖和酗酒，
因为比你好的人没见过。

如今我又在炕边取暖，
拔掉了皮靴，脱下了上衣，
我又复活了，又像在童年时，
指望着碰上更好的运气。

窗外传来暴风雪的啜泣，
粗野的喧嚣声更添凄迷，
我觉得它是在抖落花瓣，
我们园中那白色的菩提。

（1925年9月20日）

蓝蓝的迷雾，茫茫的草原……

蓝蓝的迷雾，茫茫的草原，
一派疏淡的柠檬色月光。
心儿总喜欢带一点隐痛，
把往昔岁月的事儿怀想。

台阶前的浮雪曾似松沙，
不消说，依旧是在那月下，
把猫皮帽子拉到额头上，
我悄悄离开自己的老家。

我再次回到了我的故乡，
谁还认得我？谁已经遗忘？
我，这所木屋的老主人，
像一个逐客正站着悲伤。

我默默揉皱了新帽子，
它的貂皮不称我的心。
我记起了外公和外婆，
我记起浮雪铺满了坟。

不管你此生努力不努力，
大家都在安息，都会去光临，
因此我才倾心于人们，
因此我爱人爱得深沉。

因此我才差点儿哭出来，
在微笑中心灵暗淡无光，——
仿佛我最近一次又看见
那门廊里有条狗的木房。

（1925年9月24日）

蓝色的夜晚，月明的夜晚……[1]

蓝色的夜晚，月明的夜晚，
那时我还是个漂亮的少年。

一切飞去……远去……过去了……
无法阻止，不会重现。

心儿冷却了，眼眸褪色了……
蓝色的幸福[2]！月明的夜晚！

（1925 年 10 月 4—5 日）

---

① 这首诗是 1925 年 10 月 4—5 日间由叶赛宁口授，托尔斯泰娅•叶赛宁娜笔录而成。

② 在叶赛宁的诗中，蓝色往往是一种色彩象征，即安逸、恬静的象征。这里暗示诗人今非昔比，但仍能恬淡自若，认为这也是一种幸福。

像吉卜赛提琴，暴风雪在哭泣……

像吉卜赛提琴，暴风雪在哭泣。
心爱的姑娘，恶意的一笑，
你蓝色的一瞥不令我胆怯，
我需要很多，太多也不要。

你我相差，千里万里，
你正年轻，我是过来人。
青年有幸福，我只有回忆，
当迅猛的风雪之夜来临。

没有抚慰——风暴作为我的提琴，
你那一笑使风雪弥漫我的心。

（1925 年 10 月 4—5 日）

雪橇，雪橇，马儿的奔跑……

雪橇，雪橇，马儿的奔跑。
田野，长风，公鸡的啼叫。
我爱上了这俄罗斯的白雪，
因为它纯净，光亮得辉耀。

我本是俄罗斯人，但我很遥远，
我绝不会隐瞒这事实。
那颗决定我命运的星辰，
定将和我一起消失。

（1925 年 10 月）

呼啸的风，银白的风……[1]

呼啸的风，银白的风，
雪暴丝一般沙沙作响。
我头一次在自身发现——
从来还未曾这样思量。

纵然窗上已潮湿发霉，
我不惋惜，也不伤悲，
我仍然挚爱着这种生活，
一如开始时对它心醉。

女人微笑着对我一瞧，
我就激动。玉肩多销魂！

---

① 从第五诗节中“活得应当轻松、单纯些，对宠辱得失都与世无争”，看得出诗人写此诗时的心态是极不平衡的。因为他感到，得不到世人公正的评价，甚至感到风也在为他的处境惊呆。

马车从颠簸的路一过，
我准驾着它朝远方驰骋。

哦，我的幸福和成功啊，
人的幸福受人间珍爱。
谁如在人世间哭过一次，
那就是成功永不再来。

活得应当轻松、单纯些，
对宠辱得失都与世无争。
因此小树林上空才惊呆着
呼啸的风，银白的风。

（1925 年 10 月 14 日）

矮矮的树林、草原和远方……

矮矮的树林、草原和远方，
各个角落洒遍了月光。
那清脆嘹亮的小小铃铛
突然又传出哀号的声浪。

这条其貌不扬的道路，
但它却永远惹人喜爱，
每个俄罗斯人在它上面，
几多回乘车骑马往来。

哎，雪橇，多好的雪橇！
白杨的冻裂声接踵而至。
我的父亲——是个农民，
我呀，是个农民的儿子，

我对于名气嗤之以鼻，

对“我是诗人”也不稀罕，
这块花草蔫了的地方，
我已经多年不曾看见。

谁只要看见哪怕一次，
这块地方和田野的平坦，
他几乎会对每棵白桦
都乐意去亲一亲脚板。

当看到俄罗斯农村青年
冒着朔风呼啸的严寒，
戴着花环在一起欢娱，
我怎能不用眼泪洗面。

哎，手风琴，害人的毒剂，
也许就因为听你这呻吟，
才会有不少剽悍的名声，
当作微不足道的事丢尽。

（1925 年 10 月 21—22 日）

花儿低低地垂下了头……[1]

花儿低低地垂下了头，
“永别了！”的话儿朝我倾吐，
还说从此我再也见不着
它的脸庞和我的故土。

亲爱的，没关系！没关系！
我见过它们，也见过大地，
像消受新的抚爱一样，
我将承受入墓前的战栗。

因为我含笑走过世间，
对整个人生已经彻悟，
我每个瞬间都对人说，

① 本诗头一、二诗节的内容与《花》（1924 年）的第一、二诗节基本相同，只是有些诗行更换了个别词语。

世间的一切都会重复。

还不是一样，会有别人来，
他会吞掉逝者的悲哀，
他为未亡的亲爱的人儿，
会编出一首更好的歌来。

我的恋人和她的新欢，
将在这寂静中听这支歌，
也许她会记起我来，
像记起不再重开的花朵。

（1925 年 10 月 27 日）